Author 橘由華
珠梨やすゆき
2
女
魔力無所不能
The power of the saint is all around.
Kadokawa Fantastic Novels

Contents

The power of the saint is all around. vol.2

第一幕 鑑定

坐在前往宮廷魔導師團的馬車裡，我心不在焉地望著外頭的景色，並且嘆出不知道是第幾次的氣。

所長發現這一點後，便半帶著苦笑說道：

「妳看起來是真的很不情願呢。不過我也不是不懂妳的心情啦。」

「是啊……」

見我同樣半帶著苦笑答道，所長聳了聳肩。

我再次將視線移回外頭的景色，回想昨天的事發經過——

昨天剛下班，就接到了來自宮廷魔導師團的聯絡。

對方表示，明天，也就是今天，要請我們去宮廷魔導師團進行鑑定。

想知道要鑑定什麼嗎？

聽說是要鑑定「我本人」。

前陣子在醫院的那件事，導致最近到處都有人在談論我是「聖女」的事情。

而在這段期間，自從「聖女召喚儀式」結束後就昏迷不醒的宮廷魔導師團師團長，大約在一週前恢復意識了。

據說國內只有那位師團長能夠對人進行鑑定。

之前就是因為他陷入昏迷，才會一直都沒有人可以對我進行鑑定。

那位師團長好像還沒有調整回原本的狀態，但由於確定「聖女」的身分是國家眼下最重要的事項，所以他便強撐著病體來進行鑑定。

一想起在醫院的所作所為，我就覺得這也是沒辦法的事情。

我知道自己要是那麼招搖地施展了恢復魔法，周遭其他人想必會開始議論我是否就是「聖女」。

所以，我已經做好一定程度的心理準備了……

但還是覺得心情很沉重。

聽說會在進行鑑定的時候確認我的狀態資訊，若真是如此，那我立刻就會露餡了。

畢竟我的狀態資訊上，確實是顯示著「聖女」這兩個字。

「就這麼不願意嗎？」

一沉思起來，我的表情大概就會自然而然地變得很凝重。

因此，當我轉向所長那邊，便發現他正一臉擔心地看著我。

「對啊，心情很沉重。」

「雖然我不想這麼說，不過誰教妳要鬧到那種地步？」

「什麼鬧，說得真難聽。我只是稍微替大家治療一下而已啊。」

「豈止是稍微而已，未免太輕描淡寫了。」

對於所長的形容，我嘟著嘴表達不滿，他則用傻眼的表情這麼回道。

然後我們互看彼此，一同露出了苦笑。

所長相當為我著想。

從我搬到研究所以後，他一直都是如此。

雖然他通常都是用不著痕跡的方式關心我，避免讓我發現，但我偶爾還是會察覺到。

或許這都是出自於對部下的關心吧，不過我現在對此非常感激。

光是像這樣講講話，有點低落的情緒就稍稍提振了幾分。

「就算完成了鑑定，應該也不會立刻展開什麼行動才是……」

所長的表情忽然轉為嚴肅，並說了這麼一句話。

自從舉行完「聖女召喚儀式」過後，魔物的數量便以緩慢的速度逐步減少，從這一點來看，王宮肯定地認為是由於「聖女」被召喚過來的緣故。

不過，只有王都周邊的魔物減少，距離王都較遠的地區依然很多。

自古以來的「聖女」們都會隨騎士團一同前往魔物猖獗的地區，並使用聖女的獨門法術殲滅魔物，將當地淨化。

因此，王宮這次也希望「聖女」能做到相同的事情。

「殲滅魔物……要參與戰鬥的意思嗎？」

「沒錯，但魔導師都是站在騎士後面發動法術的，不太會像騎士一樣遭遇到危險。」

「不過，要是魔物會施展魔法之類的呢？也會攻擊到後排的人員吧？」

「是啊，不能說完全沒有危險。」

「我和另一個也被召喚過來的女孩子，可從來都沒有戰鬥過哦。」

如果以整個世界來看，有些地區確實經常爆發戰爭。

然而日本很和平。

與人性命相搏這種事情，我從來都沒有做過，一起被召喚過來的愛良妹妹恐怕也是如此。

就算突然把我們帶去討伐魔物，我也不覺得能派上什麼用場。

若換作是遊戲裡的魔物，再多隻都不是我的對手就是了。

「應該會先讓妳們進行一些訓練吧。和妳一起被召喚過來的那個女孩子……是叫做愛良嗎？她現在也在學園裡學習相關事物。」

「是這樣嗎？」

「畢竟學園會讓學生前往東邊的森林進行討伐魔物的訓練，想必她也早就去過了。」

愛良妹妹已經參與過戰鬥了。

這件事讓我有點意外。

我一開始還感到擔心，不知道她是否平安無事，但後來又想起騎士團曾被外借去擔任護衛的事情。

既然我沒聽說她受傷之類的消息，那就表示她應該沒事吧。

而且他們前往的地點是東邊的森林，大多數的魔物都比較弱。

「假設……假設今天的鑑定結果證明我並不是『聖女』的話，事態會怎麼發展呢？」

我突然想起這一點，便問出口了。

所長稍微睜大了雙眼，然後露出苦笑。

「『聖女』的工作應該會由愛良來負責，只不過……」

「只不過？」

「……可能會請求妳支援吧。」

「請求我支援嗎？」

「多半會需要用到妳的恢復魔法。」

原來如此。

畢竟在醫院的時候，我確實是不知節制地治好了所有的傷患，甚至讓周遭的人都驚訝不已。

因此所長說的或許沒錯。

「如果接受了支援的請求，我會被調到宮廷魔導師團嗎？」

「這我也不曉得。」

「如果可以的話，我不想被調走。」

研究所是非常舒適的工作環境。

我可以接受支援的請求，但若是會被調到其他的工作環境，多少還是有點抗拒。

我把這個想法告訴所長後，他便表示會替我妥善處理好。

當我在和所長談論今後可能的發展時，馬車已經抵達宮廷魔導師團的隊舍了。

出來迎接的是宮廷魔導師。我們跟在他背後，步行於隊舍當中。

在隊舍裡面走著走著，擦肩而過的魔導師們紛紛朝我們瞥來幾眼，彷彿在偷偷打量著我們。

我最近走在王宮裡時，也會感覺到類似的眼神。

雖然要說習慣的確是習慣了，但還是會有些許不自在。

不過，就算在意也沒用就是了。

「我將藥用植物研究所的瓦爾德克所長和聖小姐帶過來了。」

魔導師敲了敲應該是師團長室的門扉，表達來意後，馬上就傳出允許入內的回應。

在魔導師的示意下走進室內，我便發現有兩個人站著迎接我們。一位是眼鏡菁英大人，另一位則是擁有藏青色頭髮與眼眸、面容極為精緻的青年。

後者實在長得太過於俊美，甚至感覺像是人工下的產物。

該怎麼說好呢？

這間室內未免有太多美男子了吧？

我覺得自己和這個地方完全格格不入啊！

至於魔導師呢？

要說魔導師的話，他把我們帶來這裡後，人就立刻走了。

現在這間室內，只有我、所長、眼鏡菁英大人和青年這四人而已。

「歡迎來到宮廷魔導師團。我是宮廷魔導師團的師團長——尤利·德勒韋思。」

「我叫做聖。」

青年帶著溫和的笑容對我自我介紹了。

儘管受到俊美的容貌所震撼，導致我僵在原地，但總算還是打招呼回去了。

他就是師團長？

相較於站在身旁的眼鏡菁英大人，這位師團長看起來相當年輕。

或許這是因為師團長有一張極為精緻的容貌，同時散發出親切和善的感覺吧。

我想他的年紀可能和裘德差不多。

我默默想著這些事情，不過並沒有表現在臉上，否則就太失禮了。與此同時，對方請我們前往沙發入座。

「啊，他是擔任副師團長的埃爾哈德・霍克，你們以前見過面吧？」

「是、是的。」

在沙發上坐下的瞬間，師團長像是突然想到還有坐在他隔壁的眼鏡菁英大人，於是對我這麼介紹道。

對不起。

我和他應該都沒有對彼此介紹過自己，所以我並不知道他的名字。

過去看到周遭其他魔導師對眼鏡菁英大人的態度，我就在猜他的身分大概很不簡單，原來是副師團長啊。

這我可以理解。

不過，我更在意他的姓氏。

姓霍克的話，難道他是團長的兄弟嗎？

我的疑惑大概是表現在臉上了吧，坐在我旁邊的所長便悄悄說了聲：「他是艾爾的哥哥。」

「那麼，如同事前通知過的，我想在今天對妳進行鑑定。」

「好的。」

自我介紹後，立刻就進入了今天的正題——鑑定。

這一刻終於來臨了。

他開始說明鑑定魔法的相關事項，內容和之前裘德告訴我的差不多。

比方說，雖然鑑定魔法可以對人使用，但若是沒有取得對方的同意，魔法就會遭到反彈；如果鑑定對象的基礎等級比施展鑑定魔法的人還要高，魔法則幾乎一定會彈回去。

因此，師團長帶著微笑對我說：「請妳放鬆心情吧。」

我會盡力的……

「那麼，我就開始了。」

「好。」

「『鑑定』。」

儘管不太情願，但我還是盡可能抱著別讓魔法彈回去的想法，乖乖地接受鑑定。

可能因為被施展了鑑定魔法，有一瞬間湧上一股難以言喻的感覺，但接著好像有什麼東西彈了出去，那種微妙的不適感便立刻消失了。

咦？

鑑定魔法該不會被彈回去了吧？

我錯愕地看向其他人，只見不僅是施展魔法的師團長，連另外兩人也感到很驚訝。

所長甚至還朝我露出懷疑的眼神。

等等，我確實有注意別讓魔法彈回去哦！

「聖妳……」

「我沒有排斥，而且也有小心注意不要產生排斥的想法。」

雖然所長一臉傻眼地看著我，但我是無辜的。

我敢肯定自己並沒有排斥，於是回了一個無奈的眼神。

師團長看了看我們的互動，然後像是要掩飾臉上的驚訝之色似的莞爾笑問：

「所以妳並沒有排斥吧？」

「是的。」

見我點頭回答，師團長便用手抵著下巴，垂下了頭。

他就這樣沉思一會兒後，再次把視線移回我身上。

「若是沒有排斥，能想到的可能性就是妳的等級比我高了。」

「是。」

「可否冒昧請教妳的基礎等級呢？」

果然會得到這樣的結論啊。

我明白的。

既然我沒有排斥，那麼魔法會遭到反彈的原因就在於另外一個可能性了。

而且，那恐怕就是正確解答。

我的基礎等級可能比師團長還要高。

許多第三騎士團的騎士們的基礎等級都比我低，大部分的人都是30多級。

從這一點來推算，團長和師團長這個階層的應該是40多級左右吧？

如果真是如此，由於我的基礎等級是55級，那我和師團長之間可能差了至少6級。

不過，基礎等級啊……

以前問裘德和騎士們的時候，他們都稀鬆平常地告訴我了。

只是基礎等級而已，講出來應該沒關係吧？

想到這裡，我開口說：

「我55級。」

老實講出來後，他們三人各自露出了不同的反應。
師團長臉上的笑容凝固了，眼鏡菁英大人雙眼圓睜，所長則是張大了嘴。
所長，你整張臉都歪了啦。
「55……嗎……」
最先恢復正常的是師團長，他像是在確認似的喃喃說道。
見我點頭肯定，他哈哈一笑：
「這個等級的話，確實會被反彈呢。」
「妳的基礎等級竟然這麼高啊……」
師團長不知為何露出愉悅的笑容。所長則以不敢置信的眼神看著我。
用那種眼神看我也沒用啊。
畢竟我從一開始就是這個等級了。
「這樣啊，那真是傷腦筋了。」
儘管師團長嘴上這麼說，臉上卻未見一絲苦惱之色。
我偏起頭看師團長，他便狀似有點為難地將眉毛撇成了八字形。
「若是沒辦法使用『鑑定』，就只能用比較傳統的方法來確認了……」
「比較傳統的方法嗎？」

「是的。」

聽到師團長這麼說，眼鏡菁英大人便倏然從沙發站起身來。

接著，他從師團長的書桌上拿來紙筆，擺在我面前。

我盯著紙筆看了看，師團長便向我說明了。

如果找不到可以對人施展鑑定魔法的魔導師，就會透過自行申報的方式來確認狀態資訊。

就算是現在，也當然不是所有人的狀態資訊都交由師團長來確認，絕大多數都是採用這個方法。

基本上，所有在王宮工作的人都有經過事先申報。

而且具備的技能種類和等級會影響到未來的升遷，所以其中也有人在申報時會誇大自己的狀態資訊。

對於有誇大不實之嫌的人，王宮會舉辦突襲考試，檢查對方申報的狀態資訊是否屬實。

至於檢查的方法，如果是魔法技能，就會視申報的等級能夠使用什麼樣的屬性魔法，請對方在數名考官面前實際施展一遍。

不過，聽說自從這位師團長上任後，便不再需要舉辦考試，只要他使用鑑定魔法就可以了。

「大家的狀態資訊都是公開的嗎？」

「不是，基本上屬於機密資料。」

我有點在意，便問了這個問題。

狀態資訊應該相當於日本的個人資料，但從裘德和騎士們的反應看起來，好像並非多隱密的事情。

按照師團長的說法，經過申報的狀態資訊會列入機密資料來管理。

不過，具備有利的技能本來就比較容易有升遷的機會，所以會在王宮四處宣揚自己能力的人似乎也不在少數。

「原來是這樣啊。」

我回應一聲後，目光再次回到紙上。

唔……該怎麼辦呢？

寫下來可能比較好就是了……

大概是因為我文風不動地盯著紙張看，其他三人也同樣一語不發。

對話中斷的室內，一股沉默蔓延開來。

雖然來這裡之前和所長談了很多今後的事情，但我的內心到現在仍舊擺盪不定。

要是現在把狀態資訊寫下來的話，感覺以後就必須以「聖女」的身分來行動了。

那麼，要造假嗎？

儘管我跟裘德他們打聽過一定程度關於狀態資訊的內容，然而我並不知道這個國家的狀態資訊普遍是什麼樣子。

要是亂寫一通，很有可能會露出馬腳。

「妳不願意寫嗎？」

看到我煩惱不已，師團長於是這麼對我開口了。

我抬起頭看向師團長，只見他正溫和地微笑著。

「不用寫也行哦。」

此話一出，坐在師團長旁邊的眼鏡菁英大人便詫異地睜大了眼。

我往旁邊一看，發現所長也是相同的表情。

「真的可以嗎？」

「可以呀。」

「師團長！」

眼鏡菁英大人有些慌張似的喊了一聲，但師團長並未撤回前言。

師團長說，即使勉強我申報狀態資訊，他也無從確認是否屬實。

的確是如此，但這樣真的好嗎？

看眼鏡菁英大人和所長的樣子，應該是不行的吧。

倘若是魔法技能，理應有辦法查出一定程度的能力，難道這也不用查嗎？

雖然我沒有把這些想法說出口，但當我用不解的表情看著師團長後，他的笑意就加深了幾分。

「相對的，可以讓我看看妳施展魔法的樣子嗎？」

啊，原來還是要確認魔法技能嘛。

在醫院的時候，已經有很多人目睹我施展魔法的樣子了，所以只是施展魔法的話，應該沒關係吧。

見我點點頭，師團長開了口：「那麼……」接著他便將程序告訴我。

這次要施展的魔法，是我之前也在醫院施展過的「治癒」。

儘管在場沒有傷患，但施展在健康的人身上似乎也沒問題。

不過，只要施展「治癒」就夠了嗎？

在聖屬性魔法之中，這是最先學會的入門魔法吧。

雖然如果聖屬性魔法的等級提升，威力也會增強就是了。

若是施展在健康的人身上，數值和現象都難以判定效果，所以要藉此確認狀態資訊所顯示的等級應該不太容易。

「您是要透過『治癒』來確認聖屬性魔法的等級嗎？」

「不，我想確認的是另一件事情。」

我疑惑地詢問師團長，結果他說要確認的並不是等級。

他想要了解的是，從異世界被召喚過來的人所施展的魔法，和這個世界的人所施展的魔法是否有所不同。

會有不同嗎？

我是看過裘德施展魔法的樣子沒錯，但水屬性魔法和聖屬性魔法看起來實在差太多了。

不巧的是，我並沒有看過其他人施展聖屬性魔法的樣子。

雖然我想先看看這個國家的人施展魔法的樣子，不過如果這麼要求，就和主動招認自己心中有底沒兩樣。

而且我剛才也很不情願寫出自己的狀態資訊，已經夠可疑的了。

我想來想去，還是得不出一個答案。

算了，反正最糟的情況就是出現明顯的不同，到時我再推說是因為來自異世界的緣故，或是基礎等級較高造成的就好了，隨便找個藉口應該可以蒙混過關。

想到這裡，我決定老老實實地施展魔法。

我集中精神，準備施展魔法。

由於沒有特別指定要施展在誰身上，我就以自己為對象了。
接著，當我發動「治癒」之後，我的全身上下便籠罩在隱隱散發白光的輕霧當中。
白霧一如往常閃爍著點點金光，相當漂亮。
「這是……」
耳邊傳來低喃聲。我循著聲音看去，便見眼鏡菁英大人雙眼圓睜，露出震驚的表情。
果然真的有什麼不同嗎？
我看向另外兩人，只見師團長正眼睛發亮地注視著。至於所長……則是老樣子。
所長可能並沒有發現值得注意之處吧，他一臉不解地看著師團長和眼鏡菁英大人的反應。
「有。」
「有不同嗎？」
當我這麼一問，師團長就略顯興奮地點點頭。
「仔細看好了。」
說完，師團長便詠唱起「治癒」。
他似乎和我一樣是以自己為對象，只見他的身體發出了一陣白光。
光芒消失後，他問：「看出不同了嗎？」不過我實在看不懂有哪裡不同。

見我搖了搖頭，他再度詠唱了一次「治癒」。

跟剛才相同，師團長的身體發出了白光……咦？

我忽然察覺到一件事，於是也對自己施展了「治癒」。

雖然同樣發出白光，但我身上的還交錯著金色光芒。

「發現了嗎？」

「是的。」

據師團長所言，我治療好的第二、第三騎士團的每一個人，都紛紛提到魔法發動時的樣子似乎和平常不太一樣。

其他魔導師詠唱魔法時的樣子和師團長相同，都只有發出一陣白光，並不會像我一樣有點點金光交錯在其中。

屬性魔法的魔力在發動魔法後就能夠看到。

這種白光是聖屬性的魔力，其他屬性的魔力也會發出不同顏色的光芒。

換作是平常的話，必須經過魔力感知的訓練，才看得見所謂的魔力。

師團長表示，並不知道發出金光的原因在於我來自異世界，還是另有他故。

照這樣聽來，他應該還沒確認過愛良妹妹的狀態資訊吧？

想到這點的我於是問了一下，他則回道：「還沒有確認哦。」

既然如此，我原本想說等愛良妹妹的鑑定結束後，能不能也讓我知道她的鑑定結果，但師團長說狀態資訊的內容畢竟算是機密資料，並不能透露給他人知道。

不過發出金光的原因和我本身有關，所以他弄清楚後會再告訴我。

經過今天這件事後，我明白自己的魔力和這個國家的人不同了。

自從被召喚來這裡之後，也發生了種種事情。

特別是那個增強五成的魔咒，我好像知道問題出在哪裡了。

仔細一想，魔咒所影響到的事情幾乎都和魔力有關啊……

察覺到這一點，我不禁在內心嘆了一口氣。

◆

在宮廷魔導師團那邊做過鑑定之後，隔了兩天，王宮派來了使者。

王宮以前就派過好幾次使者來了，但這次不同於以往，很顯然地格外講究禮節。

所長甚至還到研究所的玄關去迎接那名使者。

在所長的呼喚下，我也一起去迎接了。

在玄關看著所長和使者充滿繁文縟節的交流結束後，我和他們一起進入所長室。

之所以會有那麼過分鋪張的使者來到研究所，是因為他帶來了國王陛下親筆寫給我的書信。

至於信裡的內容，簡單來說就是這樣——

明天，希望妳能入宮一趟。

呃，這就是謁見的意思吧？

「所長。」

「怎麼了？」

「我沒有合適的服裝可以穿去謁見陛下。」

看完信後，我便想起第一次見到陛下時的對話內容。

當時他有提到要公開致歉什麼的，我就在猜謁見的目的會不會是這件事。

可是，我應該有拒絕說不需要那麼鄭重的致歉吧，難道我拒絕得不夠明確嗎？

雖然我向莉姿學過一些些這個國家的簡單禮儀，但這點程度並不足以去謁見國王陛下。

因此，我打算拿服裝當理由來拒絕，不過還是以失敗告終了。

「聖小姐不需要做任何準備，一切皆會由王宮打點好。」

就是這樣。

無可奈何之下，我便老實說出我可能不太懂禮儀，藉此推辭了，但對方告訴我不用擔心，請我一定要來。

使者畢恭畢敬的態度讓我心中劃過一抹不安，然而再抗拒下去也不太好，於是就答應了。

或許也可以拒絕，不過這麼做的話，感覺會讓事情變得更加棘手。

在圖書室見到陛下的時候，他就一直想賜給我領土或爵位等等封賞。

要是這次我拒絕了，讓他以為我還在生氣，因而真的為我準備了這些賞賜，那我會非常傷腦筋。

畢竟我實在承受不起。

再說，過度拒絕的話，我也很擔心會給所長造成麻煩。

因為從研究所的角度來看，陛下就是上級階層之首。

我是從異世界被召喚過來的，所以暫且不談我的情況，但所長本來就是這個國家的人民，他或許會因此遭到什麼責難也說不定。

就算沒有遭到責難，被夾在我和上司之間應該就夠他受的了。

這就是位居中間管理階層的辛苦之處。

所長幫了我很多忙，我不想因為這種事情而連累他。

不過，要是把這種擔憂告訴所長的話，感覺他只會回我一句：「不用擔心我啦。」

使者來過之後，到了隔天。

我一大早就進入王宮，著手為謁見做準備。

聽說若是要去見陛下的話，必須做好許多不同的事前預備。

我跟使者說，應該不需要從一大早就開始準備，但使者簡潔乾脆地駁回了我的想法。

王宮為我準備了一間臥室和客廳相連的寬敞房間，類似旅館的套間型客房。

一踏入房間，在裡面待命的侍女們便簇擁而上。

她們把我帶進房內附設的浴室，瞬間把我剝個精光，首先要做的是沐浴。

我在研究所每天都會洗澡，所以覺得不需要一早就又要洗澡，但她們絲毫不肯退讓。

她們用雙手把我從頭到指甲都鉅細靡遺地清洗乾淨。

實在沒有比這樣還令人羞恥的事情了，不過我其實早就體驗過了。

剛被召喚過來的時候，暫時住在王宮的那段日子裡，我就有過相同的體驗了。

習慣還真是可怕。

這次在房間裡的侍女們，就是我初來乍到這個世界時，和房間一起被安排過來的那些人。

或許是因為這樣，我才有辦法強忍住內心的羞恥。

洗完澡後，侍女們又用雙手仔仔細細地為我進行全身按摩。

按摩油含有天竺葵和佛手柑等精油，讓室內充滿了香氣。
而且侍女們的按摩手法感覺相當純熟，令人非常舒服。
我今天還起了個大早，所以不小心打起瞌睡也是在所難免的事情。
接著，按摩結束後，在我迷迷糊糊之間，她們就迅速地幫我化好妝了。
聽到耳邊傳來「聖小姐」的呼喚聲，我才猛然回神。看了看鏡中那個經過一番雕琢的自己，我忍不住很想問：「妳誰啊？」
雖然頭髮如同以往披瀉而下，但抹上香精油再細心地梳理過後，出現了一圈彷彿天使光環般的光澤。
侍女們看起來也是一副大功告成的模樣，似乎對成果感到很滿意。
打理好全身上下後，便只剩下著裝了。
侍女們用手將衣裳展開，只見呈現出亮澤感的白色布料上，以金線縫上了高雅的刺繡。
在我眼前的，並不是我預期中的禮服，而是一件長袍。
這讓我有點訝異，因為直到剛才的事前準備，都讓我很想吐槽我又不是哪家高階貴族的千金小姐。
我還以為一定會讓我穿上那種束緊腰圍的禮服。
這件長袍和宮廷魔導師團在穿的長袍很相似，但更加華麗。

我看著看著，心裡也不禁覺得，這件長袍……

實在非常有聖女的感覺。

我的臉頰不由自主地抽搐了一下。

去進行鑑定的時候，我絕對沒有做出任何會被認定是「聖女」的行為。

然而一經回想，我便改變了想法。與其說我露出馬腳，不如說我的行為是遊走於灰色地帶。

畢竟我終究還是沒有寫下狀態資訊，看起來就像是心裡有鬼的樣子吧。

實際上也真的有。

王宮可能從我的態度做了許多揣測，現在已經將我視為「聖女」了。

在我思考這些事情的同時，侍女們也俐落地幫我換上衣服。

一切準備完成後，我看著全身鏡，而鏡子裡映照出的是「聖女」。

嗯。

沒聽懂我在說什麼？

我自己也嚇了一跳啊。

鏡中人簡直令人懷疑背後有聖光在照耀，看起來冰清玉潔，有如「聖女」。

我很想吐槽說：「這個人是誰？」

「您真是美麗。」

「謝謝。」

侍女當中一名應該是侍女長的人這麼稱讚著我。

我覺得這都是拜她們的巧手所賜，便直率地道謝了。

雖然我自吹自捧肌膚等方面來到這裡後都漂亮了不少，但在專業人士的雕琢之下，又呈現出更厲害的效果了。

看到肌膚愈加光采透亮，我不禁感到高興，心情稍稍提振了幾分。

當我一邊在內心大呼神奇，一邊將臉靠往鏡子猛盯著看的時候，傳來了通報聲，說有訪客到來。

我已經打扮完畢，可以出去見人了，因此有訪客也沒關係。

於是，我請侍女讓那位訪客進來房間。

我現在是在臥室裡，所以再次照鏡子確認全身上下都沒問題後，就往客廳的方向走去。

「霍克大人？」

我來到客廳，便看到團長正坐在沙發上。

咦？為什麼？

我圓睜雙眼看著團長，他則站起身往我這邊走來。

「早啊，聖。」

「早安。那個……發生什麼事了嗎？」

由於我的問法有點奇怪，導致團長偏了一下頭，但馬上就猜到我想問什麼了。

他說，我今天接下來要去謁見陛下，而他是來護送我前往陛下所在的廳室。

護送？

不是吧，只不過是在王宮內走動而已，應該不需要護送吧？

我嚇了一跳，而團長則有些傷腦筋似的笑了笑。

「我想妳一個人可能會感到不安，還是我太多管閒事了？」

「啊，怎麼會？沒有那種事情的！」

「那太好了。」

「那個，很謝謝您。」

我連忙搖搖頭，團長這才露出鬆了一口氣的表情。

對於初次謁見陛下，就算是這個國家的人也同樣會感到緊張。

如果這種時候有認識的人陪伴在身邊的話，應該會放心許多。團長就是為此特意過來的。

團長還說，謁見的事情是從所長那邊得知的，而且所長也很掛慮我的情況。

他們兩人的關懷讓我心頭升起一股暖意。

謝謝你們。

我在內心這麼感謝著，然後就發現團長正靜靜地注視著我。

「怎麼了嗎？」

「沒什麼……就是覺得，雖然妳今天和平常不太一樣，不過還是很美……」

我疑惑地問道。而團長瞬間語塞後，帶著和煦的笑容說出爆炸性的一句話。

即使我最近已經稍微習慣所長的攻擊了，但團長這種類型的殺傷力也很高。

只要他臉色微紅，用有點壓抑的嗓音說出這種話，我就招架不住啊！

我的臉龐在頃刻之間就紅透了，快得彷彿能聽到「唰」的一聲。

就說了，我很不習慣別人讚美我啊！

我按捺住想尖叫的心情，垂頭把臉藏起來。

一方面也是因為我沒辦法再繼續看著團長啦。

「聖……」

團長向前一步，拉近與我之間的距離。

我可以用眼角餘光看到團長抬起手。

就在他的手快要碰觸到我的臉頰時，我用力閉上了眼睛。

「這、這是因為侍女她們很用心幫我打扮……」

說到這裡，我才恍然想起侍女們也在場。

我、我也真是的，怎麼能在眾目睽睽之下營造出曖昧不明的氣氛呢？

我急忙環視四周，只見站在牆邊待命的侍女們都在偷看我們這邊。

一對上視線，她們就默默別開了目光。

大家都在看……

嗚哇，有洞的話真想鑽進去……

我抱著頭，當場很想蹲下去，不過這時候傳來了敲門聲。

房內那種難以言喻的氣氛立刻煙消雲散，侍女們都動身去接應來客了。

我看到團長放下了手，心中感覺像是鬆了口氣，又像是有一點遺憾，總之五味雜陳。

敲門的是文官，他表示謁見已準備就緒，便來請我過去。

在侍女們的目送之下，文官帶領我們前往王座廳。

從原本的房間走過去似乎有一段距離，我們一行人在長廊上沉默不語地前進。

換作是一個人的話，心情應該會隨著步伐愈走愈緊張吧。

幸好團長就陪在我身後走著，讓我感到比較安心。

一抵達王座廳的門前，文官便為我說明入內後的流程。

他沒有直接放我一個人進去真是太好了……

深呼吸一口氣後，站在王座廳前的衛兵就打開了門。

王座廳比我想像中的還要小。

我原本以為肯定會被帶到一片寬敞的大廳，所以心下有點驚訝。

環視一圈沒有多大的王座廳，可以看到十幾個應該是貴族的人們站在裡面。

然後王座廳最裡面的中間處設有一張王座，國王陛下就坐在那上面。

站在陛下旁邊的，是宰相嗎？

那是個表情嚴肅的大叔，一頭藏青色的頭髮整齊地梳在腦後。

跟在我身後的團長從我旁邊進入王座廳，往貴族那邊走了過去。

剎那間，我們的視線交會了。

他眼神含笑，彷彿在告訴我不用擔心。

總而言之，我就照文官剛才在王座廳前教我的那樣，走到王座廳的中央。

當我停下腳步，背後便傳來門扉闔上的聲響。

從現在開始可沒有腳本了。

文官只有教我直到剛才的流程而已。

感受到隱約有點緊繃的氣氛，讓我緊張了起來。

隔了幾拍後，陛下從王座站起身，氣氛頓時又凝滯了幾分。
陛下就這樣從王座的高台走下來，在距離我有幾步之遙的時候停下腳步。
「我是統治這個國家的齊格菲．斯蘭塔尼亞。」
「我是聖．小鳥遊。」
陛下做了自我介紹後，我也報上自己的姓名。
雖然腳本沒有提到這個，但姑且算是禮儀吧？
「首先，對於唐突將妳召喚來我國一事，以及小兒的無禮之舉，我在此致上歉意。」
說完，陛下就深深地鞠躬致意。
配合他的舉動，周遭的人們也一齊向我鞠躬了。
等一下啊。
這種場面，該怎麼收拾才好呢？
我心中冷汗直流，但以陛下為首的這群人全都一動也不動。
要不要原諒的事情暫且先擺到一邊，現在應該先請他們抬起頭來吧？
「請把頭抬起來。」
我穩住差點發顫的嗓音，說出這句話後，大家都抬起頭來了。
剛才那種緊繃的氣氛稍微和緩了些。

這應該就是他之前提到的公開致歉吧。但這種事情對普通老百姓來說很煎熬，真想拜託他今後別再如此了。

我原本想說大概就這樣而已，沒想到還有後續。

「聖小姐來到我國後，直到今天為止立下了不少功績，我想藉這個機會給予妳賞賜，也算是向妳陪罪。不知道妳有沒有想要的東西？」

「賞賜嗎？」

突然被這麼一問，我一時之間也想不到什麼東西。

因為我以為道歉完就結束了。

賞賜啊，我想想……

說起來，他之前好像也有問過我。

但是，我並沒有特別需要什麼東西。

在這種場合說不需要賞賜會不會出事啊？

我往團長那邊瞥了一眼，發現他眉間微攏。

其實不止團長，連他周遭的人也是。

總覺得大家都在屏息等待我的回答。

「像是爵位或領地等等，只要在我們能力所及的範圍內，妳想要什麼都可以。」

「呃，我不太需要那些東西……」

可能是因為我沉默得有點久，宰相（？）就這麼提議了。

儘管我只是在苦思，不過一回過神來，便發現原先和緩下來的氣氛再度緊繃起來，宰相（暫定）和陛下的臉色都變得相當凝重。

受封爵位和領地或許在這裡是很理所當然的賞賜，但我又不需要。

不僅是因為承受不起，也因為收下那些東西，感覺會導致行動受到限制。

畢竟受封爵位和領地之後，萬一發生什麼事情的話，就很難離開這個國家了。

而且收人賞賜在先，要是萌生去意的時候直接拋下一切遠走高飛，也實在是不太好的作法。

想到這裡，我便支支吾吾地推辭賞賜，結果宰相的眉頭皺得更緊了。

要是我現在說不需要任何東西，事情會變得怎麼樣呢？

雖然我很想這麼說，但看到周遭的反應後，我就很猶豫要不要說出口。

從陛下一開始的那番話可以得知，這次的謁見目的在於向我致歉。

他們可能會從我接受這次的賞賜與否，來揣測我的內心想法。

老實說，雖然當初被召喚過來的時候，我因為各種事情而氣得火冒三丈，但隔了半年以上之久，已經不會像起初那樣怒上心頭了。

有可能是每天都在研究所做著喜歡的事情，埋首致力於研究當中，讓我不想再計較了。

而且生氣是很耗費精力的，要一直氣下去也不容易。

與其把精力花在生氣上，還不如用來打穩立足的基礎。

也或許有一部分原因是身邊的人們都對我很好，像是研究員和騎士等等，於是我就被他們給感化了。

儘管我最初是一秒都不想再待在這個國家，不過如今已經沒有那麼堅持了。

最多就是打算先做好隨時可以離開的準備，以免到時真的出什麼問題。

也因為這樣，就算現在向我道歉，我內心也沒什麼感覺。

唔……

我是很想告訴他不需要賞賜啦，但要是這麼說的話，感覺會讓這場鬧劇繼續拖下去。

這樣太麻煩了。

我看我乾脆就要個什麼賞賜，直接在這次了結這樁事吧。

有沒有什麼賞賜是即使收下也不會造成麻煩的呢？

我稍微想了想，忽然靈光一現，便開口說道：

「任何賞賜都可以嗎？」

「沒錯。」

「這樣的話……那麼，可以批准我進入禁書庫閱覽嗎？」

我的要求似乎令陛下感到很意外，只見他微微睜大了雙眼。

但說到不會造成麻煩，而且又是我現在最想要的東西，就是這個了。

我從很久以前就在查有沒有辦法做出比上級ＨＰ藥水更高階的藥水，不過這陣子始終毫無進展。

王宮圖書室裡的相關書籍幾乎都被我翻遍，接下來我能想到的，就只有去翻閱禁書庫的藏書了。

不過，區區一介研究員大概沒辦法獲准進入禁書庫閱覽，所以我本來差不多要死心了。

就在這種時候，從天而降一個獲得賞賜的機會。

實在沒有不好好利用的道理吧。

「除此之外，我還想要學習魔法，可以幫我找老師嗎？」

感覺再提出一個要求應該也沒關係，於是我便這麼補充道。

拜魔法技能所賜，我也能使用魔法。

然而，我都是自己看圖書室的書來學習，難免會有許多不足之處。

原本的世界並不存在魔法，因此我一直希望可以在老師的指導下學習。

畢竟，在這個世界學會魔法的話，便更有助於我獨立自強了。

「我明白了，就為妳安排吧。」

以結果而言，陛下接受了我的要求。

雖然他似乎沒料到我會提出這樣的要求就是了。

聽說還需要略做一些調整，等他們準備好後，我就能得到賞賜了。

幕後

國王的辦公室響起一道敲門聲。

室內的侍從代為應門後，恭敬地將來客身分告訴這間辦公室的主人。

「宮廷魔導師團的師團長，德勒韋思大人求見。」

「知道了，讓他進來吧。」

主人這麼回應道，侍從便恭敬地行一禮，再度往門口走去。

不久之後，一個容貌宛如雕刻般清俊的男人，臉上掛著笑容出現了。

男人也恭敬地向主人行了禮。

「臣此次前來，是有要事向您稟報。」

「這樣啊。」

國王從他簡潔的話語猜到了稟報內容，於是便遣退了其他人。

現在室內只剩下國王和正好也在場的宰相，以及師團長。

「你要稟報的是『聖女』那件事嗎？」

「是的。」

對於宰相的問題，師團長點頭回道。

然後，他說出對兩名聖女候選人施展鑑定魔法的結果。

聽到結果後，國王和宰相皆沉吟不語。

根據師團長的報告，對愛良進行鑑定時相當順利，而狀態資訊的判定結果已另抄下來，隨著報告書一同提交了。

問題在於另一個候選人——聖。

師團長的鑑定魔法遭到了反彈，無法確認她的狀態資訊。

國王和宰相對此都感到震驚。

這是因為，說到宮廷魔導師團的師團長，那可是這個國家基礎等級最高、魔法最厲害的人物，名聲響徹整個國家。

對人施展鑑定魔法時，若未得到對方的同意，魔法便有可能遭到反彈。

不過前提是，施展魔法者與承受魔法者之間的基礎等級相同。

如果施展魔法者的基礎等級較高，即使在對方抗拒的情況下，也能強行進行確認。

因此，王宮的人們都堅信師團長的鑑定魔法一定會成功。

「之所以遭到反彈，是因為她的基礎等級比較高的緣故嗎？」

「恐怕是如此。」

「順道問一下，她的等級是？」

「據說是55級。」

「55……」

師團長的基礎等級已經是這個國家最高的了，但聖比他高了10級。等級有如此差距，也難怪會遭到反彈。

在場的每一個人都是這麼想的。

「這樣的話，目前尚無法知曉她們哪一個才是『聖女』啊……」

宰相一臉凝重地喃喃說道。

分辨「聖女」的方法諸說紛紜，並沒有確立一個正確的分辨方法。

所有時代共同流傳下來的記載只有一個，就是「聖女」會使用殲滅魔物的法術。

至於是什麼樣的法術也不得而知，因此，王宮原本對這次的鑑定抱予期待，希望能藉此掌握到一些頭緒。

遺憾的是，由於無法確認聖的狀態資訊，這份期待也就這麼落空了……

目前所知道的事情裡特別值得一提的，就只有聖的基礎等級非常高，以及愛良的基礎等級與技能等級成長得比這個國家的人還要快。

這兩件事的性質不同，所以要判定哪一人是「聖女」的話，還需要更多的線索。

然而，聽到宰相低沉的喃喃自語，師團長卻回道：「並非如此。」

國王和宰相都一臉錯愕地看向師團長。

面對他們兩人的視線，師團長臉上依然掛著一抹造作般的微笑，就這樣靜靜地不說話。

「是哪一個？」

「……臣認為，應該是聖小姐。」

對於國王的簡短問題，師團長頓了一會兒後這麼答道。

國王聽完後倒抽了一口氣，隨即又長長地吁出一口氣。

「你沒弄錯吧？」

「雖然是推測，但八九不離十是如此。」

「這樣啊。」

「為什麼你會這麼認為？」

師團長回答時表情依舊未變。而宰相則問起他的根據。

聽到這個問題後，師團長滔滔不絕地展開說明。

他表示，聖在醫院使用了聖屬性魔法。

騎士看到她施展魔法的樣子後，便回報說看起來和一般的魔法不同。

他分別請聖和愛良施展聖屬性魔法，從而發現兩人的魔法有落差。
根據這個結果，他判斷聖就是「聖女」。
他一開始以為那種混雜金色粒子的現象，是從異世界被召喚過來的人所特有的東西。
但是，愛良施展魔法的樣子，看起來和這個世界的人並沒有差別。
聖屬性的魔力只會發出白色的光芒，從來不會像聖那樣有金色粒子交織在其中。
由此來看，聖施展魔法時的現象，極有可能不是來自異世界的人所獨具的特徵，而是她的專屬之物。這便是師團長得出的結論。
「金色的魔力應該是『聖女』的專屬之物。此外，在與魔力有關的事情上，聖小姐的能力同樣比一般人還要優秀，在這方面也和愛良小姐不同。」
「原來如此。」
聽完說明後，國王頷了頷首，然後若有所思地垂眸看著辦公桌。
「辛苦你了，退下吧。」
「是，臣就此告退。」
宰相確認師團長離開辦公室後，便開口說道：
「這下事情可難辦了。」
「是啊，那傢伙還是老樣子嗎？」

「依照小兒所言，似乎是如此。」

聽到宰相這麼說，國王重重地吐出一口氣。

「那傢伙」指的是第一王子。

負責統籌「聖女召喚儀式」的第一王子，在透過儀式將愛良召喚過來後，就這樣心甘情願地當了她的監護人。

第一王子成為監護人後，雖然積極不懈地為了保護愛良而努力，但過於求好心切的結果，就是他和周遭的人們產生了嫌隙。

周遭的人們也有將這件事稟報給國王知道，國王為此一直感到很頭痛。

不用說，國王當然也針對這件事勸告過第一王子很多次。

但是，儘管第一王子當場有把話聽進去，他的態度卻未曾改過。

甚至有人提議，乾脆強制把第一王子和愛良分開算了。

不過這也牽涉到王位繼承問題，所以事情變得較為複雜。

如果有其他重大要事，或許就能假借派第一王子去處理的名目，藉此將他們兩人分開。

但不巧的是，眼下並沒有那種急需處理的迫切問題。

在毫無理由的情況下強行分開那兩人的話，以現狀而言，這件事會被歸咎為第一王子的疏失，結果就是為擁護第二王子的勢力助長聲勢。

這樣一來，到目前為止都未曾興起波瀾的繼承問題，將有可能因此而浮上檯面。

高層們思考至此，終究還是讓這件事陷入膠著的狀態之中。

除此之外，第一王子尚有另一個問題。

在儀式當時，不知出於怎樣的前因後果，第一王子並沒有注意到同時被召喚過來的聖，直接把她拋在現場不管。

結果此舉引起聖的不滿，導致周遭的人們都為了應對她而苦思焦慮。

根據師團長這次的報告，幾乎已經確定聖就是「聖女」了。

既然如此，她對這個國家抱持不滿會是一個極為嚴重的問題。

然後，引起這種問題的第一王子，恐怕會被投以更加嚴苛的目光。

「差不多必須做好最壞的打算了啊……」

彷彿自言自語一般，國王低聲吐出這麼一句話。而宰相只是靜靜地望著他。

時至今日，已經證明無論聖是否為「聖女」，也不影響她為這個國家帶來巨大效益的事實。

因此，有人提議必須針對她至今為止所做的貢獻進行封賞，並且也要為第一王子的無禮之舉致上歉意。

這次幾乎確定聖是「聖女」以後，想必這種聲浪會變得更大。

「必須進行公開致歉才行，目前準備得如何了？」

「大致已完成，但經過這次的事件後，應該需要做一些更動。」

「這樣啊。距離她被召喚過來後已經過了不少時日，盡可能加快腳步吧。」

「遵旨。」

聽到國王這麼說，宰相便恭敬地鞠躬應道。

經過片刻的沉默後，國王開口緩緩地講了「關於聖小姐……」這句前言。

「雖然今後必須給予她『聖女』的禮遇，但不要太過隆重比較好。」

「是嗎？」

「嗯，我之前有機會與她談過幾句，她的個性似乎不喜高調。談到賞賜的話題時，我也提出一些貴族會想要的東西，但她全都拒絕了。」

「就此來看……也同樣令人傷腦筋啊。如果可以，希望她能接受爵位和領地的封賞，就此留在這個國家。」

「這兩項也被她拒絕了。按照報告所言，她們都受過相當高度的教育。或許我們的這種心思被看穿了也說不定。」

國王略帶自嘲地笑了笑。不過宰相得知這件事後像是感到很頭痛似的，把手放在額頭上微微搖頭。

接著，他們開始詳細討論該如何策辦這場以致歉為目的的謁見。

比如說，要辦成多大的規模，以及要找哪些人來出席等等。

他們規劃相關內容時，是以今後要用什麼樣的待遇來對待聖作為前提。

討論到最後，他們決定好的舉辦地點並不是接待國外使者的謁見廳，而是規模較小的王座廳。至於出席謁見者除了國王和宰相之外，也只有各大重臣和各騎士團的團長這些人而已。

這個結果是以聖的感受為最大考量，且納入了許多國王等人的想法。

◆

「我回來啦～～」

一邊這麼說著，一邊走進宮廷魔導師團的師團長室的，是這間辦公室的主人尤利。

師團長室不僅有尤利的辦公桌，還有副師團長埃爾哈德的辦公桌。

埃爾哈德的辦公桌之所以會放在這裡，是因為原本該由師團長處理的事務，大部分都是他在經手的。

尤利小時候就被前宮廷魔導師團長發掘其才能，並收為養子。

然後，天賦異稟的資質再加上前師團長的菁英教育，將他培養成優秀的魔法研究家。

其熱衷的程度只要一提到魔法，就會讓他的眼神為之一變。

從學園畢業後，他便直接加入宮廷魔導師團工作，欣喜地埋頭在魔法的研究當中。

他的基礎等級會登上王國第一，也是因為研究的緣故。

若想繼續深入研究魔法，便必須提高魔法技能的等級，他的基礎等級就是在這段過程中提升的。

只要是為了研究，他可以不厭其煩地一再獨自前往討伐魔物，還獲得戰鬥狂這種外號，種種行為都相當不像魔導師。

不知不覺中，他的魔法已達到爐火純青的地步，讓宮廷魔導師團的其他人望塵莫及。

宮廷魔導師團的師團長這種光榮的身分，其實等同於一種項圈，是為了把尤利留在王宮裡。

只要成為師團長，就能夠盡情沉浸於魔法的研究當中了。

僅僅出於這個目的，尤利才接下師團長的職務。

可能是因為這樣，雖然他會從事魔法的研究，但在師團長的工作方面只會處理最低限度的公務。

若非自己感興趣的事情，他都不甚在意。

於是，埃爾哈德就被派來擔任他的副手了。

「我報告完了唷。」

「狀態資訊的事情沒有受到究責嗎？」

「沒有特別追究哦。不過陛下有問起基礎等級，我就告訴他了。」

「這樣啊。」

「大概是因為我說聖應該是『聖女』，讓他把注意力轉移到這件事上了吧。」

尤利的表情與在國王辦公室的時候不同，臉上露出了孩子氣的笑容。而對照之下，埃爾哈德則是一臉不快的模樣。

不知是否未察覺到這一點，尤利仍舊繼續說道：

「接下來會有更多機會和聖接觸吧？我對她的魔力很好奇呢～」

「…………」

聖那種有別於他們的魔力，引起了尤利的好奇心。

他想要更接近地觀察那樣的魔力。

想研究她和他們的魔力，究竟有何不同。

只要聖是「聖女」的話，今後就能在討伐魔物等場合有更多與她接觸的機會，觀察魔力的機會也隨之增加。

他就是心存如此盤算才說出了這番話。
說到這裡後，他終於發現埃爾哈德的臉色很不悅。
他吃吃地笑了起來。
「不要用那麼凶的眼神瞪我啦。放心，我只會請她讓我見識一下魔力而已。」
「…………」
「你真的相當喜歡她呢。」
「才不是那樣，我是擔心你這傢伙會搞出什麼麻煩。」
「哦，只有這樣嗎？我得知埃爾破天荒地和她處得很自然，還以為你很喜歡她呢。對了，聽說你弟弟也對她頗有好感嘛。」
就算解釋了，埃爾哈德的表情還是沒變，這讓尤利不禁露出苦笑。
埃爾哈德這個人竟然會將一個女性如此放在心上，實在很稀奇。
他同時也在想，看來那個傳聞果然是真的。
「聖女召喚儀式」一結束，尤利就陷入了昏迷狀態。
不過，兩名聖女候選人在他沉睡期間所發生的事情，他都從其他人口中掌握到了大致的情況。
雖然他感興趣的是「聖女」所使用的魔法，以及從異世界被召喚過來的人類所使用的魔法，但在打聽的過程中，他也得知霍克家的兄弟和聖互動密切的事情。

社交界人人皆知，霍克家的兄弟都不怎麼擅長與女性相處。

就連對社交界不甚感興趣的尤利都知道這件事，可見在王宮也是相當有名。

實際上，他也見過好幾次埃爾哈德對貴族千金們態度冷淡的模樣。

因此，聽到聖之前來到宮廷魔導師團時，埃爾哈德和她處得很自然的事情，就算撇開魔力不談，他也對她起了一點興趣。

對埃爾哈德的態度感到驚訝的不止尤利而已。

親眼目睹的魔導師們也一樣，甚至那陣子宮廷魔導師團裡都在傳「副師團長的春天是不是來了」。

話雖如此，他弟弟艾爾柏特的傳聞還是比較可信，因此很快就沒有再繼續傳下去了。

尤利本身也對魔法以外的事情興致缺缺。

即使同樣是宮廷魔導師團的成員，他也不感興趣，認識的人沒幾個。

另一方面也因為他能夠使用全屬性的魔法，所以原本必須交給其他人來做的實驗，通常都是他自己獨力完成的，導致他和其他人的交流極為稀少。

不過，或許是因為埃爾哈德會代替尤利處理師團長的業務，兩人經常有機會接觸，讓尤利覺得彼此相當友好。

雖然這麼想的，可能只有尤利自己而已。

埃爾哈德是尤利為數不多的好友中的一人，出於這樣的原因，尤利並不想惹他不高興。

「我不會加害於她的。要是我這麼做，不僅是你們兄弟倆和藥用植物研究所的所長，還會招來許多人的怨恨吧。」

尤利笑著這麼說道，但埃爾哈德還是無法完全相信他。

畢竟尤利這個人一旦投入於研究當中，總是會渾然忘我，不顧一切。

其實以前就曾因為這樣而惹出問題。

埃爾哈德表面上接受了尤利的說法，但實際上只是應付過去，他開始擔心今後必須盯緊尤利以免他做得太過火。想到這裡，埃爾哈德不禁在內心嘆了一口氣。

第二幕 特訓

謁見結束後幾天，我便接到文官的連絡，他跟我討論許多關於賞賜的事情。

然後我得到了禁書庫的閱覽許可證。

有了這個的話，就可以閱覽「幾乎」全部的禁書庫藏書。

據說，確實有極少一部分的書籍裡所記載的內容，僅限國王陛下和宰相這樣的身分才可閱讀，我不能去翻閱那些書。

我目前想看的書只有藥草相關書籍而已，所以對這點沒什麼特別的意見。

而說到另一個賞賜——我要上的課程增加了。

談到一半的時候，文官表示「如果您有其他想學習的課程，請盡量告訴我」，於是我忍不住得寸進尺地問了許多事情。

我想到什麼就說什麼，一下問這個能不能學，一下問那個能不能學，結果文官就機靈地遞給我一份文件，上面是可以學習的課程相關事項。

文件還簡單說明了各種課程的內容。

列出的課程數量滿豐富的，光是讀完整份文件感覺就要花上不少時間。

最後，由於沒辦法當場做出決定，於是文官讓我先把文件帶回去，選好想要上的課程後再連絡他。

從王宮回到研究所後，我把工作做完就開始瀏覽文件。

課程並非只有魔法而已，還有斯蘭塔尼亞王國的歷史與周邊地區的情勢，以及經濟和禮儀等等，涉略到的內容可說是五花八門。

為了今後著想，我有非常多想要上的課程。

如果將來要離開王宮，比起一無所知，還是多方學習比較好吧。

當我在研究室的角落一手拿著便條紙和筆，從文件上選擇想要上的課程時，所長來到了我身邊。

「妳在做什麼啊？」

「我在選課。」

「選課？」

「就是那個賞賜的事情。文官說除了魔法之外，我可以提出其他想要學習的課程。」

「哦。」

聽到我這麼說，所長便拿起我手邊的其中一頁文件。

「簡直就像是學園的課業一樣呢。」

「是這樣嗎？」

聽所長說，文官遞給我的文件上所列出的課程，在王立學園全都學得到。

學園不僅有必修科目，還有選修科目，學生們會如同我現在這樣，從那些課程中挑選喜歡的科目來上。

我順口詢問哪些是必修科目之後，便得知我想要上的課程幾乎都是必修科目。

我一手拿著便條紙點點頭，結果所長突然抽走了那張便條紙。

「這上面的就是妳打算上的課程嗎？」

「對。」

「唔嗯，還挺多的耶。」

經他這麼一說，我才恍然意識到這一點。

只要看到想學習的課程我都寫了上去，但如果全都要上，一天該花多少時間才夠呢？

即使每天都上不同的課程，以日本的感覺來說，一整個星期似乎都會被課程給塞滿。

「我應該沒辦法上所有的課程吧？」

「為什麼？」

「全都上的話，我就沒辦法工作了……」

要工作又要上所有選擇的課程，一天沒三十六小時的話是辦不到的。

這個世界的一天也只有二十四小時而已。

我沮喪地想說還要從中再做出取捨時，所長說了一句出乎我意料的話：

「妳說的工作，是指研究所的嗎？」

「對啊。」

「工作等妳有空的時候再做就好了。」

「什麼？」

我睜大雙眼愣愣地看著所長，他便解釋給我聽了。

這個研究所的人本來就都出身自王立學園，具備一定程度以上的知識。

相對於他們，儘管我在自然科學方面懂得比較多，但也因為我並不是這個世界的人，所以對於這個世界特定事物的知識了解得並不深。

雖然現在是破例讓我以研究員的身分工作，不過往後如果打算繼續在研究所工作，所長建議我不妨順便擴充知識到等同學園畢業生的程度。

「反正最近的研究也毫無進展不是嗎？」

「嗯，是啊……」

沒錯。

就像所長說的，這陣子的研究成果不佳。
我現在正計劃製作出效力更高的藥水。
起因是我無意間做出來的效力增強五成的藥水。
長年以來都沒有在研發比上級更強效的ＨＰ和ＭＰ藥水。
一方面好像也是因為上級藥水太過昂貴且需求不多，所以研發更強效藥水的研究就一直往後拖延了。
然而卻出現了使用同樣的材料和作法，但效力更強的藥水，據說這個發現點燃了研究員們的研究之魂。
正好這時候討伐魔物的頻率愈加頻繁，開始出現許多聲浪表示需要比上級更強的藥水。
研究員全體出動，亟欲找出效力變強的原因，但遲遲沒有結果。
原地踏步的情況持續一陣子後，大多數人都回去做自己的研究了。
不過，有一部分的人一頭熱地致力於研發效力比以往更強的藥水，他們始終沒有放棄，即使改變材料和作法也要持續進行研發。
那一部分的人也包含我在內。
雖然原因一直是個謎，但前陣子去宮廷魔導師團做過鑑定之後，我總算是抓到線索了。
我的魔力似乎和這個世界的人不同。

得知這一點，我不由得覺得原因就在於這種魔力。

發現原因雖然讓我心情舒暢許多，但這樣一來研究就得回到起點了，所以同時也感到很沮喪。

個人魔力是原因的話，除了我以外的人製作藥水時，若採用和以往相同的材料或作法，就只會做出效力和以往相同的藥水。

既然如此，要想做出效力更高的藥水，就必須找到新的材料或作法才行了。這是我得出的結論。

即使是在尋找原因的過程中，也因為老是在原地踏步，所以我有動手調查新材料等等的事情。

我收集了分布在特定地區的藥草以及當地獨創藥品的相關資料，還有參考古典文獻。

我也經常去王宮的圖書室尋找藥草相關書籍來閱讀。

如果把其他研究員讀過的書算進來，圖書室裡的相關書籍可能都被翻得差不多了。

就算做到了這一步，依舊連一點靈感都找不到。

不對，靈感還是有的，但通常都沒有用就是了。

因此，研究的現況就如同所長說的，毫無進展。

但這次給予的賞賜讓我獲准進入禁書庫閱覽，我還滿期待能在那裡找到想要的資料的。

「新學到的事情可能也會激發研究的靈感啊，這不是個好機會嗎？」

「是這樣沒錯啦。」

所長說的話有道理。

這次也是因為我開始使用魔法後，才終於發現原因所在。

而且研究員們也很努力地幫忙調查，曾提過問題可能出在魔力上面。

不過，相較於施展屬性魔法，注入藥水裡的魔力似乎比較難分辨出個人擁有的特性。

只受過一點訓練的話，是分不出魔力的屬性的。

也因為這樣，他們只稍微確認過我的魔力，就立刻判斷沒有差別了。

畢竟這裡是藥用植物研究所，比起魔力，大家應該對藥草和製作方法更有興趣吧。

更別說我對魔力的了解比周遭的人還要少，所以既然大家都這麼說了，我就認為是這樣，沒有多作細想。

如果我具備這方面的知識，或許就會繼續深入思考，然後提早發現原因所在也說不定。

知識果然很重要啊。

雖然研究回到起點了，但我學習到這個世界的事情之後，搞不好就會在目前為止做過的調查之中，發現以前不小心漏掉的某些線索。

這麼一想，我就覺得去上課也是工作的一部分了。

「妳想學什麼就去學什麼吧，畢竟是難得的賞賜嘛。」
所長揚起一抹笑容這麼說道，我也笑著對他點了點頭。

◆

我將想要學習的課程列表交給王宮的文官後，過幾天便開始上課了。
由於其中幾堂課程需要花一些時間準備，所以就從已經準備好的課程開始學習。
第一堂課是魔法課。
王宮準備了一間教室，讓各科老師和我在那裡上課。
得知這件事的時候，我還覺得一早就要進宮有點麻煩，不過王宮有幫我準備馬車方便來回，真的是太好了。
侍女帶我來到教室，我就在裡面一邊進行準備一邊等老師，沒過多久便響起了敲門聲。
看到進來的人物，我心下一驚。
「早安。」
「早安，呃……」
滿面微笑地走進來的，是宮廷魔導師團的師團長。

由於今天上的是魔法課，我事先便知道宮廷魔導師團會派來一位老師沒錯，卻沒聽說那位老師就是師團長。

「我是魔法課程的講師——尤利．德勒韋思。」

「那個……您是宮廷魔導師團的師團長沒錯吧？」

「是的。」

我忍不住確認了一下。而他似乎就是前幾天見過面的師團長沒錯。

「是師團長負責教我嗎？您的工作應該很忙吧？」

「不要緊哦。」

雖然師團長一副笑咪咪的模樣，但真的沒關係嗎？

看到身為第三騎士團長的霍克團長處理公務的模樣，感覺還是有不少文書工作。

團長自己也曾說過他和其他騎士不同，因為要忙著處理文書工作，很難擠出時間去進行訓練。

宮廷魔導師團的文書工作應該不比騎士團來得少吧？

「由我來教課，讓妳覺得不滿意嗎？」

「不是的，我沒有那個意思……」

當我正在疑惑地思考時，師團長就用憂心忡忡的表情這麼問道。

不，我哪敢有什麼不滿？

倒不如說我心中充滿了歉意。

不過是給我這種徹頭徹尾的魔法門外漢上課而已，內容是基礎中的基礎，實在不像是該請師團長來教課的內容。

畢竟一開始似乎要從學園一年級生學習的內容教起。

要打個比方的話，就像是大學教授來給國中生上課的感覺吧。

所以，用不著讓應該很忙碌的師團長來擔任講師，請一個能撥點時間來教課的普通宮廷魔導師就十分足夠了。

面對一臉難過地等著我回答的師團長，我謹慎地將我的想法告訴他後，他就鬆了口氣似的露出笑容。

「如果是這樣，妳不用擔心。而且我也有不能把這件事交給別人的理由。」

「理由嗎？」

「是的。關於這一點，我有個請求。」

「什麼請求？」

「我希望聖小姐能同意讓我調查妳的魔力。」

聽到師團長這麼說，我便反問原因，他則點了點頭，開始解釋。

首先是上次提到我的魔力和這個世界的人有所不同的這件事，他希望我能配合他在宮廷魔導師團進行正式的調查。

聽說宮廷魔導師團除了討伐魔物外也會研究魔法，而師團長自己就有在從事魔法研究。

從師團長的角度來看，我的魔力十分令人感興趣。

他知道出自我手的藥水等東西，效力都會比別人做的還要強，而且他也認為這種現象和魔力有關的樣子。

因此，他想調查看看這點是不是真的與魔力有關，以及除此之外是否還有其他不同之處。

魔力的影響也是我一直想弄清楚的部分，所以當然很歡迎專家來幫忙調查。

師團長對此感興趣是其中一點，不過另一點才是不能把這件事交給別人的理由。

根據師團長所言，和「聖女」的能力相關的種種一切都屬於國家機密，關於過去聖女們的詳細紀錄也幾乎都沒有留下來。

目前還不曉得之所以沒有留下紀錄的原因。

竟然連原因都不曉得，看來是設有相當嚴謹的情資管制措施。

關於我的魔力也一樣，高層們認為在這次的調查之中，知道結果的人愈少愈好。

基於這層因素，便決定由師團長來負責調查。

除此之外，師團長本身還是這個國家最精通魔法的人，所以交給他正好。

聽說進行調查時幾乎不需要做什麼特別的事情，只要讓他觀察我使用魔力的情況就可以了。

如果只是這樣，那應該沒問題吧。

見我點頭答應，他便笑得極其燦爛地向我道謝。

於是，在師團長解釋完自己負責這堂課的原因後，我們便開始上課了。

剛開始的幾天都在教魔法的基礎概念，比如魔力是什麼東西，還有施展魔法時，體內的魔力是如何產生運作的。

幾堂課下來，我覺得師團長的授課方式非常好懂。

看來說他比宮廷魔導師團裡的任何人都還要精通、了解魔法，並非浪得虛名。

雖然他學識豐富，但我想他可能本來就是個很聰明的人吧。

畢竟他真的很會教。

「有哪裡不懂嗎？」

「沒有，還可以。」

師團長講解完一遍後，問我有沒有問題，不過我沒什麼特別想問的。

「那麼，一直聽課也會膩，我們稍微實際演練看看吧。」

「好的。」

「既然聖小姐似乎已經會使用魔法了，那妳應該也感覺得到自己體內的魔力。不過掌握體內的魔力是魔法的基本，我們就先從這個步驟開始吧。」

師團長繼續說明接下來要進行的實際操作。

在聽的過程中，我便聯想到裘德之前教我製作藥水時，順道教我如何將魔力傳給對方的方法，兩者聽起來是一樣的。

「那個，這個方法……」

「怎麼了？」

「這是不是在學園也會做的那種實際操作？就是將魔力輸送給對方這樣。」

「對，原來妳知道呀？正是如此。」

我好像猜對了。

於是，我將之前在研究所學過的事情告訴師團長，他便點了點頭。

「已經讓別人輸送過魔力了啊。那麼，妳有輸送給對方過嗎？」

「沒有，當時只是為了幫助我感受魔力……」

「這樣啊。那今天就嘗試把魔力輸送給別人吧。」

之前在研究所由裘德主導的實際操作，今天換我來主導了。

對象當然是師團長。

畢竟這間教室就只有我和他兩人而已。

如同之前那樣，我和他面對面，將手心舉至胸前貼合在一起。

嗯？是不是有點近？

轉身面對面時，不曉得是不是因為來不及收勢，感覺彼此微妙地靠得很近。

這個猜測命中了。我不經意地從手心抬起視線，赫然見到那張漂亮的臉龐比我想像中還要近，心下猛然一驚。

師團長也抬起低垂的眼眸。

看樣子是察覺到我正在看他。

呃，這很不妙啊。

所謂的漂亮臉龐，光是擺在那裡就具有極大的殺傷力。

師團長這種程度的就更不用說了。

我突然緊張了起來，感到胸悶。

「怎麼了？」

「沒事……」

師團長微笑著偏過頭。我則搖了搖頭，這麼答道。

冷靜下來啊。

總而言之，只專注在輸送魔力這件事上吧。

我將視線轉回手掌上，看似重整態勢，稍微拉開了與師團長之間的距離。

然後做了個深呼吸，將魔力集中在右手。

接著，就如同將魔力注入藥水時那樣，從掌心釋放出魔力。

這樣應該就會傳到師團長身上了。

「有傳過去嗎？」

「這個嘛，雖然很微弱，但確實有感覺到。可以再多傳一點過來嗎？」

「我試試看。」

以注入藥水中的魔量而言，似乎太少了。

這次，我在腦中想像著將魔力推擠出去的感覺，釋放出比以往更多的魔力。

「哦？」

我聽到師團長的沉吟聲，便抬起原本向下的視線。只見師團長一改平常那種溫和的笑容，浮現在臉上的是充滿愉悅感的笑意。

「師團長？」

「啊，抱歉，我只是覺得很有趣。」

「有趣……是嗎？」
「是的，妳的魔力果然和我們不同呢。」
看到師團長的模樣與平常有異，我便朝他出了聲，結果他就立刻恢復成原本的表情了。
可能是不小心撞見剛才那種笑容的緣故，再加上他的容貌本來就很俊美，所以他現在的笑容看起來就像是戴著面具似的。
難道剛才那種才是他的真面目嗎？
我不由得用狐疑的眼神看著師團長，但他沒有理會，而是開始講解有關魔力的事情。
在聽課的時候，也有提到魔力因人而異這一點。
而且不光是屬性而已。
雖然很難以形容，但就是存在著某些不同。
不過，其實屬性以外的差異微乎其微。在宮廷魔導師之中能夠感覺到這種差異的，大概也就只有一半左右的人罷了。
而師團長當然判斷得出來。
反過來說，就是我的魔力存在著顯而易見的差異。
果然沒錯啊。
雖然我的魔力屬於聖屬性，但聽說還是能感覺到不一樣的地方。對於這種現象，師團長曾說過「可能是從異世界被召喚過來的人特有的東西」。

「藥水之類的產品之所以會具有比較強的效力，也是魔力影響的嗎？」

「唔……就現階段而言還不能這麼斷定。」

「這樣啊。」

這是我最想要知道的事情，所以便問看看了，但好像沒那麼容易就能弄清楚。真遺憾。

不過，今天開始實際操作後，調查才算是正式起步，所以這也沒辦法吧。或許之後就能弄清楚了，還是慢慢來吧。

後來，我一邊輸送出強弱不同的魔力，一邊回答師團長詢問的各種問題，像是我對魔力有什麼樣的感覺之類的。

◆

在那之後，課堂新增了實作的時間。

在時間的分配上，聽課和實作各占一半，前半是聽課，後半是實作。

兩者當然都是由師團長負責指導的。

進行實作的地點在宮廷魔導師團隊舍的演習場。

雖然離聽課的教室有一點距離，但和師團長邊聊邊走之下，便覺得好像也沒那麼遠了。

換作是一個人的話，我可能就撐不住了。

理由不是只有走到演習場的這段距離而已。

我一開始還覺得實作的部分也能讓師團長來指導，實在是太榮幸了。但這樣的心情在幾天之內就消失得無影無蹤。

師團長的教學態度和他溫和謙讓的舉止完全相反，是斯巴達式的風格。

「那麼開始吧，進行的方式和上次一樣。」

「好的。」

抵達演習場後，稍微休息一下就開始展開實作了。

最近這幾堂課都在學習操作魔力。

聽說徹底熟練後，就能縮短發動魔法所需要的時間。

由於施展魔法時，必須將魔力集中在手掌之類的地方，透過這個訓練，便可以縮短花費在集中的時間。

順帶一提，如果只是要練習操作魔力，其實沒有必要特地跑來演習場。

光是讓體內的魔力在身上任意可以集中魔力的地方——例如手腳之類的——按照順序移

動，就可以達到訓練的目的。

但是按照師團長的方針，他認為只學會操作魔力並沒有意義，所以要我實際練習一邊操作魔力，一邊快速發動魔法。

如果只有聖屬性魔法，就算在聽課的地方發動魔法應該也沒關係，但這裡還有另一個會使用魔法的人。

他就在我旁邊，挑釁似的不斷發動其他屬性的魔法。

至於那個人是誰？就是師團長啊。

師團長是統御宮廷魔導師團的人物，想當然耳能力一定很強。

他在我旁邊發動的屬性魔法不光只有一種，而是三種左右的屬性魔法交互發動。

他操作起魔力應該也如同行雲流水般順暢吧。

不知道是不是因為他累積魔力的速度比我還要快，我才發動一次魔法，他就已經發動第二次了。

師團長說訓練目標是發動魔法的速度要變得跟他一樣快，但這個要求未免也太高了吧？

我才剛開始學魔法就要我達到這樣的要求，真的是斯巴達式教育。

而且一旦重視速度，我便可能在途中疏忽了操作魔力的部分，結果沒發動到魔法。

與此同時……

「速度還能再快一點嗎？」

「要再快的話應該不行……突然要我跟上師團長的速度，對我來說很困難。」

「我這樣已經是在放水囉。」

師團長笑著說道，一副游刃有餘的樣子。

我為了跟上他可是用盡了全力啊。

雖說按照從課堂上學到的理論來操作魔力，施展起魔法就能跟師團長一樣快，但實際上陣練習還是相當不容易。

製作藥水好像也需要細膩地操作魔力，所以我還以為自己既然能夠做出階級達到一定程度的藥水，操作魔力的技巧應該也有達到一定的程度，但我猜錯了。

施展魔法似乎需要更加細膩地操作魔力。

現在還遠遠趕不上師團長要求的程度，讓我覺得有點不甘心。

不過，師團長似乎已經有放水了，所以我現在還只是覺得不甘心而已。

根據宮廷魔導師們所說，師團長在指導他們的時候要求得更加嚴苛的樣子。

「我不想再經歷一遍那種事情了。」

那個魔導師望著遠方，這麼跟我說道。

聽說那是發生在宮廷魔導師團出動全員解決大量文書工作之後的事情。

「我偶爾也該指導一下後進才行呢。」

師團長露出前所未有的燦爛笑容，這麼宣布。

聽到這句話後，由於可以在宮廷魔導師團最高長官的指導下進行訓練，所以為數不少充滿上進心的魔導師都來到演習場集合。

結果，魔導師們接二連三地在演習場陣亡。

我在演習場進行的訓練以程度來說，相較師團長平常所展開的訓練還要「稍微」再輕一點。

沒錯，是相較於才能出眾的他們為了加強能力而進行的那個訓練。

隸屬宮廷魔導師團的魔導師們，在能夠使用魔法的人們當中屬於能力格外傑出的一群菁英。

他們的自尊心也算是滿強的。

然而那個訓練內容卻嚴苛到足以讓他們在短短一天之內就投降了。

實在太吃力了。

希望可以把難度降低一點。

這樣的叫苦聲此起彼落，但師團長絲毫不予理會。

師團長站在滿身瘡痍的魔導師們的旁邊，用若無其事的表情輕鬆做到相同的訓練內容，甚至還趁著空檔穿梭於每個魔導師之間進行指導。

之後，這種訓練持續了一整個星期。

看樣子是文書工作害得他沒空做研究，導致心中積怨已久。

我原以為師團長單純是在遷怒，但據說他的指導都相當精闢，接受特訓的人確實有所進步，因此誰也無法開口抱怨。

不過，在經歷過這件事後，交給師團長處理的文書工作比以前更少了。

魔導師用有點魂不守舍的表情告訴我這件事。看他的模樣，想必真的是非常痛苦的一個回憶。

因此，對於經歷過師團長的地獄特訓的魔導師而言，我所進行的訓練已經是師團長配合我的能力所調整過的內容了。

這就表示，他認為我做得到那樣的訓練內容吧。

沒辦法回應他的期待讓我很不甘心。

既然如此，我只能一心一意地好好練習了。

抱著這個想法，一整個星期的課堂上，我都專心地持續練習發動魔法。

然而今天還是沒有達到目標。

只在課堂上練習的話，似乎要花上不少時間才能達成目標的樣子。

課堂以外的時間是不是也該繼續練習比較好呢？

那麼，該怎麼辦？

雖然我也可以在下課後留在演習場自行練習，但一直對自己施展「治癒」感覺也滿浪費的。

對自己以外的人施展嗎？

就像前陣子在醫院那樣。

不僅可以讓我練習，對方的傷勢也能復原，這不是一舉兩得嗎？

連我自己都覺得這是個好主意，於是隔天早上立刻就去徵求所長的同意了。

「不好意思，我有個請求。」

「怎麼了？」

現在還是一大清早。

去上課之前，我先來到所長室，就看到所長已經開始工作了。

我將魔法課的事情告訴他，然後說自己想去醫院等地方練習魔法。

所長聽完後，摩娑著下巴思忖了一會兒，接著從容不迫地開口說道：

「先不管妳要在課堂以外的地方練習魔法，問題是出在地點上。」

「不能在醫院練習嗎？」

「妳前陣子不是治好了大部分的傷患嗎?現在應該已經沒有任何需要用到恢復魔法的傷患了吧?」

經他這麼一說,確實沒錯。

原本還以為這是一個好主意的說……

我想了一下,忽然靈光一閃。

「那可以去騎士團那邊嗎?」

「騎士團?」

「對。」

騎士團由於工作的關係,如果不需要出外討伐魔物,他們就會留在隊舍進行訓練。

送藥水到第三騎士團的時候,我也有看到他們訓練的樣子,由於近身戰鬥占多數,所以還滿多人有受到皮肉傷的。

我便想到,或許可以請他們當我的練習對象。

將這個想法告訴所長後,我就得到「原來如此,我覺得可以啊」這樣的回答。

「我會先通知艾爾一聲,妳上完課就可以去第三騎士團看看。」

「謝謝您。」

於是,今天上完課後就要前往第三騎士團了。

◆

一如往常地上完魔法課之後，我朝第三騎士團出發。

最近都在上課，算是很久沒有來這裡了。

在前往團長辦公室的路上，遇到的騎士們也都會跟我說：「好久不見了啊。」所以應該不是我的錯覺。

我敲了敲辦公室的門並報上名字，聽到裡面傳出一聲「請進」。

走進去後，就看到團長正和顏悅色地微笑著。

「好久不見。」

「久未跟您問候了。」

我也很久沒見到團長了。

在開始上課前，我從研究所送藥水過去時，以及從圖書館回來的路上都會遇到他。

但我最近都只來回於上課的教室和研究所而已，幾乎沒有跟他見到面。

我走到辦公室中間，團長也從椅子上站起身走到我身邊。

「妳是不是瘦了些？」

團長這麼說著，伸手輕輕觸碰我的臉頰。

面對突如其來的狀況，我愣了一下後，立刻有一股熱氣直衝臉上。

「咦？沒吧？我想應該沒有就是了。」

拜託不要突然這樣啊。

真的對心臟很不好。

雖然我用一片空白的腦袋努力做出回應，但由於太過震驚，導致我原本打算說的事情全都從腦中飛散消逝了。

「我聽說妳的魔法課老師是德勒韋思大人，他的教學方式應該很嚴格吧？」

「是、是沒錯，不過很清楚好懂。」

「這樣啊。妳可別勉強自己哦。」

「我沒有勉強自己。」

本以為他馬上就會收回手指，但在對話之間，他依舊摸著我的臉頰。

臉好燙。

那個……我是說真的，再不收回手的話，我的心臟就要承受不住了。

我一邊希望團長趕快收回手，一邊把因為尷尬而移開的視線轉回他身上，只見他臉上的笑意更濃了。

看起來就是一副忍著笑的模樣。

當我一轉回視線，撫摸著臉頰的手指就戀戀不捨似的滑過耳後離開了。

酥癢的感覺讓我的背脊震顫了一下。

真想稱讚沒叫出聲的自己。

我內心含淚地瞪了團長一眼。而他則忍不住笑出了聲。

「話說，約翰告訴過我了，妳想在我們這裡練習魔法是嗎？」

「是的。」

終於進入正題了，我放心地鬆了口氣。

「我想要把恢復魔法用在演習場的騎士們身上。」

「這無妨，現在就要去嗎？」

「是的，麻煩了。」

團長很乾脆地就答應最要緊的正題，還說要帶我去演習場。

但我很想問，剛才那種以打招呼而言稍嫌親暱的舉動是怎麼一回事？

沒想到不僅是所長，竟然連團長都開始拿我打趣了。

我一邊走在隊舍的走廊上，一邊回想起剛才的事情，於是瞪了瞪身旁的團長。結果他似乎察覺到我的眼神，也往我這邊看了過來。

一迎上我的視線，他就溫柔地眯起眼睛。
「怎麼了嗎？」
「沒什麼啦。」
我用有點凶的口氣這麼答道。不過團長對此並沒有說什麼。
一定是因為我整張臉都紅透了的關係吧。
為了轉換心情，我就邊走邊談起等一下要練習恢復魔法的事情。
我們交換了很多想法，但最後還是決定沿用師團長的方針，在第三騎士團也以實戰的形式來練習魔法。
抵達演習場後，正好是在訓練途中，許多騎士都在進行模擬比試。
我過去也曾經在前往隊舍的路上遠遠看過這樣的畫面，但在近處一看又能感受到一番不同的魄力。
當我嘆為觀止地看著的時候，他們似乎察覺到團長和我來了，紛紛停下比試的動作，目光往我們這邊聚集過來。
雖然其中也有我認識的騎士，但在眾目睽睽之下還是會讓我感到緊張。
我不由得稍微退後一步，躲在團長的背後。
團長揚聲告訴大家，從今天起我會在演習中使用恢復魔法。

進行方式很簡單。

騎士們只要像平常一樣做訓練即可。

唯一不同之處在於，訓練當中會有恢復魔法飛到身上。

我原本是想說，只要讓受傷的人過來讓我使用恢復魔法就行了，但團長告訴我，這樣騎士們會嫌麻煩，我也沒辦法充分地練習到魔法。

聽說如果只是一點皮肉傷的話，騎士們平常都是放任傷口自然癒合，應該不會特地跑一趟請人幫忙施展恢復魔法。

這樣一來，我使用恢復魔法的次數也會變少，所以要是想多多累積次數的話，用其他方法比較好。

於是，我和團長討論後一致認為最好的方式，就是和之前實際去討伐魔物的時候一樣，讓我按照自己的判斷自行施展恢復魔法。

團長說明結束後，騎士們便又回去做各自的訓練了。

我看著模擬比試，算準時機後也開始練習魔法。

如果可以像遊戲那樣，每個人頭上都有顯示最大ＨＰ和現在ＨＰ的數值或血條，很容易就能判斷出需要對誰施展「治癒」了。但遺憾的是，這裡沒有那麼方便的東西。

無可奈何下，我只好一邊觀察他們的情況，發現有人似乎受傷而減少ＨＰ的話，就對他施展「治癒」。

同時也不忘要好好操作魔力。

我回想上課時的情形，用差不多的速度陸陸續續發動魔法。

相較於之前在醫院使用魔法的時候，現在花費在累積魔力的時間比較短，我猜恢復的HP量應該也很少。

一旦操作魔力的技巧變得更加熟練，在同樣的時間之下能累積的魔力量會更多，所以即使花費比較短的時間，應該也能發揮出差不多的效力。

當我集中精神練習後，時光咻地一下就過去了。我一回過神，就發現已經到騎士們差不多該結束訓練的時間了。

中途回去辦公室的團長也不知何時回到了演習場。他跟我說，從明天起，我上完課之後都可以來這裡練習魔法。

從那之後過了一個星期。

可能多虧我上課時和下課後都很努力練習，感覺發動魔法的速度比剛開始的時候還要快了一點。

當然效力也是。

根據騎士們的回報，不僅發動魔法的間隔縮短了，而且「治癒」的恢復量也增加了。

師團長似乎也有發現這件事，還誇獎了我。

「妳進步得相當多呢。」

「謝謝您的誇獎。」

「妳進步的速度比我估計的還要快，難道在課堂以外的時間也有練習嗎？」

師團長勾起一抹了然於心的笑容。

看來我在第三騎士團練習的事情已經被他發現了。

我也露出類似被識破惡作劇的表情，然後笑了笑。

「稍微練了一下而已。」

「看妳非常努力的樣子，是有什麼目標嗎？」

「目標嗎？我沒有什麼特別的目標耶……」

經他這麼一問，我就支支吾吾了起來。

該算是目標嗎？其中一部分是看到師團長在旁邊逍遙自在地發動魔法，讓我感到有一點火大。

另外就是……

「因為之後可能會要求我支援討伐……」

我說完，師團長就睜圓了雙眼。

我之前也有和所長談到這件事。一想到上次及上上次的討伐結果，我便覺得這是很有可能會發生的事情。

等我更會操作魔力後，應該在討伐當中最能夠派上用場吧。

要是像前陣子在醫院的時候那樣，是回來之後才進行治療的話，就沒有快速發動魔法的必要了。

「聖小姐打算參加討伐嗎？」

「是啊，如果有需要的話。」

「就為了因應需要？不是因為有其他目的嗎？」

「目的嗎？我沒有什麼特別的目的就是了……」

「那麼，是為了得到其他好處嗎？」

好處？

聽到師團長這麼問，我不禁偏過頭。

好處是指什麼呢？

由於不是平常的工作，所以最多可能會得到一些額外報酬吧？

比起這個，看師團長一臉意外的樣子，難道他不是為了讓我參加討伐才訓練我的嗎？

實作課程會變成現在這樣的形式，也是因為按照師團長的方針，他認為只學會操作魔力並沒有意義。

他的訓練方式感覺在實戰當中能派上用場，所以我一直以為他是打算讓我參加討伐的，我搞錯了嗎？

我這麼問師團長後，這次換他偏過頭了。

「您不是為了日後的討伐才訓練我的嗎？」

「不是，我沒有那樣的打算……」

「那麼，您是為了什麼而訓練我的呢？」

「只學會操作魔力也沒用是其中一個理由，另外我也想觀察聖小姐的魔力。」

「是這樣嗎？」

「是的。」

師團長說得很理所當然的樣子，然而他的理由出乎我的意料之外。

說要觀察我的魔力……

他確實有跟我提過會在課堂上進行觀察，但我沒想到原來那才是他的主要目的。

我有一種渾身脫力的感覺。

「不過，日後的確有可能需要支援就是了。」

師團長露出稍作沉思的模樣，這麼說道。

我不禁心生一股自掘墳墓的感覺。

「果然會有需要嗎？」

「畢竟雖然我們這裡也有幾人會使用聖屬性魔法，但等級並沒有多高。」

「師團長您也會使用吧？」

「會是會，不過討伐時我通常都在進行攻擊。」

這樣啊。

可能根本不會有人的聖屬性魔法等級比我還要高吧。

而且師團長莫名散發出一種不懂得瞻前顧後的感覺。

他姑且算是宮廷魔導師團的最高長官不是嗎？

都在進行攻擊的話，應該沒在指揮其他魔導師吧？

「如果有需要支援，目的地可能是西邊森林吧。」

「西邊森林嗎？」

「以聖小姐的等級來說，去西邊的森林應該沒問題才對。」

「但那裡是……」

聽到目的地，我不禁眉頭一皺。

西邊森林有沙羅曼達出沒，而且是上次的討伐行動裡出現多名負傷者的地方。

「西邊森林的瘴氣也很濃，我相當好奇聖小姐的魔力能夠對瘴氣造成多少影響。還有就是……」

師團長沒有把我的不安放在心上，他的思緒已經全跑到西邊森林的研究上了。

對我來說，上次及上上次的討伐災情相當嚴重，所以西邊森林讓我感到很害怕。

但是看師團長的樣子，他似乎並沒有特別重視西邊森林。

而且根據騎士們以前說的，西邊森林很難得會出現那麼嚴重的災情，這樣看來，那裡平常並不是多危險的地方嗎？

可是，都說有二就有三……

「怎麼了？」

「沒有……那個……」

當我一邊看著獨自嘮嘮叨叨說個不停的師團長，一邊思考事情時，就和他對上視線了。

他大概是察覺到我的目光了吧。

應該老實告訴他，去西邊森林會讓我感到很不安嗎？

我煩惱著不知道要不要說出口，講話也含糊了起來。

我的想法可能表現在臉上了吧？師團長主動談起關於西邊森林的事情：

「剛才也說過了，按聖小姐的等級，去西邊森林進行討伐可以說是輕而易舉。」

「是這樣嗎？」

「對，我也去過好幾次了，最近打起來實在不太有勁……」

「啊？」

「聽說前陣子累積了大量的魔物，有參加到的話一定很享受，可惜我當時人還在昏迷當中。」

「……」

「有了前車之鑑，想必隔不了多久就會展開下次的討伐行動了。魔物的數量應該如同往常一樣，或者更少吧，正適合聖小姐的初次出征。」

師團長做出這樣的結論，然後像是要我放心似的微微一笑。

對於災情那麼慘重的討伐行動，師團長竟然說得出「有參加到的話一定很享受」這種話，看來他可能真的很厲害。

但我看過騎士們結束討伐回來後的模樣，所以他的說法沒辦法打消我的疑慮。

只不過，我同意他對於下次討伐的推測。

上次就是因為隔了一段時間沒去討伐，才會累積出大量的魔物。

依照那一次的經驗，應該近期之內就會再次前往西邊森林討伐魔物。

我因為在整理思緒而沒有說話，結果師團長好像以為我還在煩惱，便補充說道：

「放心吧，下次去討伐的時候，我也會在的。」

「您會跟我一起去嗎？」

「當然了，我不會讓妳受到絲毫傷害的，由我來守護妳。」

聽到師團長這麼說，我便回以模稜兩可的笑容。

換作是其他人的話，聽到師團長對自己說「由我來守護妳」這種話，可能會覺得很開心雀躍吧。

但我沒辦法順從地接受他的好意。

這也不能怪我。

畢竟，我總覺得聽到了「我不會讓（研究不可欠缺的）妳受到絲毫傷害的」這種從副聲道傳出來的聲音。

第三幕　淑女

早晨。

我比平常還要早醒來。

今天一整天都是淑女之日。

這只是我自己想這麼稱呼這一天，並非真的是什麼特別的節日。

淑女之日要上的課程有禮儀和舞蹈等等，都是這個國家的貴族子女必備的文化素養，所以我才會取這個名稱。

而且，我之所以比平常還要早起也是因為這個緣故。

其實在穿著方面，反正又不是要參加舞會，我覺得照平常的打扮就可以了，但身邊的人不允許我這樣。

特別是舞蹈老師和侍女們。

老師建議我平常就要穿著禮服，事先習慣比較好，於是我每逢淑女之日就必須穿上禮服。

至於侍女們，我總感覺她們單純是覺得幫我裝扮很好玩就是了。

不過，我也贊成老師說的事先習慣比較好，便決定每逢這一天就要整天都穿著禮服度過。

淑女之日不只要穿禮服，還要弄妝髮，從頭頂到腳尖都要打理一遍，從早上開始就要花時間在打扮上。

為了這件事，我必須比平常還要早起床並進宮。

起床後，我簡單整理了一下儀容，然後就在太陽都還沒完全升起的清晨前往王宮。

侍女們已經在指定的房間裡待命了。

房裡有色彩多樣的禮服和鞋子，連飾品都有。

這些衣飾全都是王宮那邊幫我準備好的。

禮服和鞋子完全吻合我的尺寸，讓我吃了一驚。

我很想認為他們只是把剛好有的東西收集起來而已，而不是特地為我重新準備的。

雖然想跟文官確認這一點，但感覺問了就不得不收下這些衣飾了，所以我到現在還怕得不敢問。

總之，就純粹當作衣飾是王宮借給我的就好了。

侍女們看著這些租借禮服，互相討論今天要選哪一件，似乎很樂在其中的模樣。

「大家好像很開心的樣子。」

「畢竟能從這麼多件衣裳裡面挑選，確實是會感到很有趣。」

我面露苦笑向站在一旁的侍女長——瑪麗小姐說話後，她也帶著苦笑這麼回應。

為了淑女之日而在這裡待命的侍女們，果然都是我剛被召喚過來時，為我打理生活起居的那群人，幫忙進行謁見準備的也是她們。

總覺得她們好像變成我的專屬侍女了。

當中的瑪麗小姐比我年長一點，據說在王宮也工作滿長一段時間了。

雖然有時候會嚴厲地教導她的下屬，不過基本上待人相當和善。

而且我們兩個的年紀也差不多，在侍女之中，我或許最常找她說話。

今天在等侍女們挑選禮服的時候，我也和她聊了些王都現在流行的禮服款式還有糕點等等話題來打發時間。

「今天穿這套禮服如何呢？」

過沒多久，她們似乎決定好禮服了，只見一個侍女拿著那套禮服來到我面前。

她遞給我看的，是一套亮橘黃色的飄逸禮服。

不過於華麗的款式雖然合乎我的喜好，然而顏色太過鮮豔了，我擔心會不會顯得很花俏。

「這個顏色對我來說不會有點鮮豔嗎？」

「沒有這樣的事。您看。」

我感到擔心，於是徵求瑪麗小姐的意見，結果她說沒問題。

在鏡子前讓她用禮服比對之下，的確沒有我想像中那麼花俏突兀。

該說真不愧是王宮侍女的眼光嗎？

「比對過後，確實是沒有那麼花俏耶。」

「要穿這套嗎？」

「是的，麻煩了。」

決定好禮服後，接下來就開始化妝和做髮型。

這兩項我是全權交給她們來處理的。

畢竟交給她們的成果，遠比自己弄還要好看多了。

好像頂多只請她們別化得太濃而已。

在化妝的時候，她們也配合禮服挑了鞋子和飾品。

我幾乎都是閉著眼睛讓她們化妝，所以不知道她們挑了什麼樣的鞋子和飾品。

但透過傳過來的聲音，我知道她們和挑選禮服的時候一樣樂在其中就是了。

在這麼多東西裡挑來挑去確實是很有趣。

儘管我在日本忙工作忙到很少有機會去買衣服和飾品，但偶爾出門逛街的時候，到處看來看去實在很好玩。

侍女們可能就是抱著這樣的心情吧。

不過如果是自己要穿的話，那就得另當別論了。

王宮準備的衣飾似乎有反映出我的喜好，大部分都是較為樸素的款式。

所謂的樸素是以這個國家的標準而言，若是換成日本的標準，那些款式都太過華麗了。

由於我到現在還沒有忘掉在日本生活過的感覺，所以要我穿上那些衣飾的話，會讓我覺得不敢當而感到退縮。

雖然我也可以選擇乾脆不要穿，但想到開開心心地為我挑選的侍女們的心情，我就拒絕不了。

因此我便放棄掙扎，決定當那些寶石都是仿造品。

不過，最大的問題並不是禮服，也不是飾品。

化完妝後，終於進入穿禮服的階段。而難關就在這裡。

「那麼，我要開始了。」

隨著瑪麗小姐這道聲音一出，緞帶就緊緊地綁了起來。

我差點發出「嗚」的一聲呻吟，但勉勉強強吞了回去。

侍女在綁的是束衣的緞帶。

對這個國家而言，不堪一握的小蠻腰才是最理想的，貴族女性們都利用束衣將腰圍束到難以置信的地步。

由於我怎麼說也是來自異世界，所以她們為我準備的禮服以這個國家的標準來說，腰圍還算是比較寬鬆的。

也由於我還沒習慣穿束衣，侍女們都有手下留情。

儘管如此，還是感覺有東西要從嘴巴出來了。

難受到可以理解為什麼以前的人會因為這樣而昏倒。

我來到這個世界後也有變瘦，因此一直覺得自己穿束衣大概不會有問題。

我有點小看束衣了。

沒想到竟然會這麼難受……

雖然不久後就會稍微習慣一點，不再感到難受，但還是只能用比平常還要淺的方式來呼吸。

再更習慣一點的話，應該就不會這麼難受了吧？

「您還好吧？」

「沒事。」

等緞帶綁好，我人也筋疲力盡的時候，瑪麗小姐這麼關心道。
其實我很想大叫一點也不好，但用力忍住了。
在祈禱著總有一天會習慣之中，今天也度過難關了。
繫緊束衣後，接著是穿上禮服。
從這裡開始就進展得相當快速。
就這樣打理好一切準備後，我終於出發去上課了。

早上學的是禮儀。
比如說走路方式、打招呼的方法等等，要學習形形色色的動作舉止，出乎意料地需要體力。
據說看起來很優美的舉止都會用到平常不會用的肌肉。
當我保持鞠躬的動作讓老師指正姿勢的時候，我的腿部肌肉就在顫抖。
對於有點缺乏運動的我來說，是有些吃不消。
而且可能還因為腰上綁著束衣，導致體力消耗得更激烈了。
負責這堂課的老師似乎平常就是教導高階貴族子女的一流教師，指導方式可能也會稍微嚴格一點。

就是因為很嚴格，所以只要按照老師教的去做，就能呈現出極為優雅美麗的動作，讓人很有成就感就是了。

「改善相當多了呢。」

「謝謝您的誇獎。」

在學習屈膝禮的時候，我受到老師稱讚了。

老師平常是很嚴格的，所以能受到稱讚更是讓我開心。

雖然會想說，有必要徹底做到這樣的地步嗎？然而開始做之後，就會想要貫徹到底做到最好，這完全是個性導致的，也沒辦法。

但這個國家的貴族每天都要謹守禮節過生活，讓我覺得他們實在很辛苦。

不過一旦習慣之後，或許並不會感到辛苦就是了。

下午要上的是舞蹈課。

從學習站姿開始，再學習專門設計給初學者的舞步，我最近偶爾也能和老師搭檔跳舞了。

根據老師所說，這堂課的進度會稍微趕一點。

也因為這樣，我每天都在房裡偷偷複習。

可能因為這堂課用到的也是不習慣的姿勢，所以一開始我還會肌肉痠痛。跳舞的動作並不激烈，沒有想像中耗費體力，但進入上級課程就不知道了。還是趁現在練好體力吧。

待在稍微寬闊些的教室裡的，只有老師和我而已。

今天也是從複習舞步開始，最後是和老師搭檔跳舞。

當我配合老師喊拍子的聲音做動作時，傳來了敲門的聲響。

截至目前為止還沒有人會在上課途中來訪。

我停下舞步，老師則去開門。

我好奇地看過去，結果出現的是團長。

「您怎麼來了？」

團長突然現身，讓我嚇了一跳。

我以為出了什麼事，所以這麼問道。聞言，團長露出傷腦筋似的笑容。

「抱歉，打擾到兩位上課了。我沒有什麼特別的要事……就是來看一下情況。」

團長略為猶豫一下後，說出他來這裡的原因：

「方便讓我觀摩嗎？」

咦？觀摩？

雖然我勉強能和老師一起跳舞，但還沒有到可以給別人看的程度。

由於讓人看著實在很難為情，當我想要鄭重地拒絕他時，老師就回道：

「哎呀，霍克大人，您真是好興致。若您不介意的話，要不要一同加入呢？」

聽到老師這麼說，我不禁轉回頭。

要團長加入是什麼意思？

察覺到我的視線，老師笑著將理由告訴我：

「偶爾和不同的對象跳舞也是一種學習。」

「您說的是沒錯……」

我能理解事情確實如同老師所說，但我才勉勉強強剛學會跳雙人舞而已。

再說目前還得依靠老師的帶領才有辦法跳完舞。

在這種狀態下，我有辦法好好和團長一起跳舞嗎？

儘管我非常懷疑，但老師和團長似乎都很有興致的樣子。

唔……

暫且撇開我不提，團長應該從小就在學舞了，配合他的話，應該總會有辦法的吧？

反正和老師一起跳舞的時候也都是這樣過來的。

當我還在猶豫，團長就朝我伸出了手。

我的視線在那張帶著一抹溫和微笑的臉龐和手之間徘徊。
雖然內心愈發不安，但就這樣不伸出自己的手也滿失禮的。
我做了個深呼吸，下定決心。
站直身子，把左手放在他伸出來的掌心上後，我人就被輕輕拉了過去。
在行雲流水般的動作之下，團長將他的右手搭在我的左肩上。
我的左手扶著他的右臂，抬起頭看他後，我忍不住倒抽了口氣。
好、好近……
不對，我和老師練習的時候就知道會這樣了，我是知道啦！
而且我和團長共乘一匹馬好幾次了，之前去王都也不得不在狹窄的馬車上緊靠著彼此。
所以，我一直以為自己已經習慣近距離接觸了。
嗯，看來我根本沒有。
一點也不習慣面對面的姿勢。
以前這種情況下，團長不是在我背後，就是在我旁邊。
我體會到面對面的害羞程度不是那兩者可以相比的了。
「怎麼了？」
「沒、沒什麼……」

由於我抬起頭後就僵住了，團長臉上微笑不改，只是似乎感到奇怪地這麼問道。

我勉強回應了一聲後，連忙將視線往下移到胸口處。

耳朵好燙。

冷靜點啊我。

現在是在上課。

我又做了個深呼吸，想辦法靜下心後，仰起了頭。

對於和我面對面的團長而言，這整段過程都暴露在他眼底了，不過他好像很貼心地當作沒看見。

隨著老師的「那就開始吧」這道聲音，我踏出了第一步。

然後配合團長的帶領去踩舞步。

儘管多少有點生硬，但能順利跳起舞完全要歸功於團長很會帶領。

不過，老是依賴團長也是個問題。

我回想並實踐一個又一個目前為止在課堂上學到的事情，讓自己也能主動跳出舞步。

過沒多久，頭上便傳來一道嗓音。

「冷靜下來了嗎？」

「……嗯。」

不對，就在剛才，我又失去冷靜了。

我的視線游移不定，彷彿在表現出內心的慌張。

原本將集中注意力在跳舞上，好不容易忘記團長的存在了，現在想起來後，一顆心就怦怦亂跳個不停。

不知道團長有沒有察覺到這一點，只見他繼續說道：

「我聽說妳在日本沒跳過舞……」

「對，我在那邊本來就沒有跳舞的機會。而且舞蹈的種類也不同。」

頂多只有在以前念書的時候，學過運動會要跳的民族舞蹈和當地的盂蘭盆舞而已。

絕對和現在這種踩著舞步的舞蹈完全不同。

「所以說，妳才剛學沒多久嗎？」

「是的。」

「剛學就能跳得這麼好，看來妳很有天分呢。」

「咦？沒有吧，我怎麼可能有天分？」

我一點也不覺得自己有舞蹈天分，所以受到抬舉也不知道該怎麼回應。

趕緊否認這件事後，團長就輕笑了幾聲。

看來我是被戲弄了。

真是的！

我有點不甘心地噘起嘴，但團長笑得更開了，實在無可奈何。

「妳是謁見完陛下之後才開始學的吧？我在妳這個時候還沒辦法跳得這麼好。」

「這是因為老師好像在趕課堂的進度，說是近期內應該會有跳舞的機會。」

根據老師所說，之所以會用有點像是填鴨式的教法來上課，是因為近期內可能會需要跳舞。

我又不是貴族，只是王宮研究所的職員，不可能會收到舞會的邀請函吧。

這是我自己抱著希望的揣測，事情大概不會這麼稱心如意。

就像前陣子還不是去謁見陛下了。

不過，我學舞蹈的理由不只是那樣而已，一部分理由是我本來就對舞蹈有點感興趣。

如果我沒興趣的話，就算文官建議我學，我八成也會堅定地拒絕吧。

「畢竟再過幾個月就是社交季了。」

「社交季？有那種東西啊？」

「嗯，進入社交季後，王都裡會舉辦好幾場宴會，聖說不定也會收到其中的幾場邀請吧？」

果然啊。

雖然像這樣轉圈跳舞很有趣，但要參加那種豪華的宴會還是有點抗拒。
不知道是不是我的想法呈現在臉上了，團長再次輕笑出聲。
「無論如何都必須出席的宴會大概只有一兩場，其他都可以推掉的。」
「就算這樣，我還是至少必須出席一場吧？」
「是啊，陛下主辦的宴會就是如此。」
「這樣啊……」
的確，要是受邀參加國王陛下主辦的宴會，一般是拒絕不了的吧。
儘管心裡明白，我還是提不起勁。
倘若不管怎樣都必須參加，我希望是更加小而雅致一點的宴會。
「我也不喜歡宴會。不過……」
團長說到一半就打住了。我疑惑地看向他的臉龐。
呃……
為什麼要用那種眼神看我呢？
我感覺到團長投注過來的目光帶著一絲柔意，心跳登時加快。
「如果聖要參加，請讓我當妳的男伴。」
「咦！」

團長稍微將臉貼近我，如此悄聲說道。

用、用那麼低醇的嗓音說悄悄話可是犯規的啊！

我用責備的眼神看著團長，但沒什麼效果，他依然面露笑容，似是正在等待我的答覆。

老師正好在這時候喊了聲口號，舞蹈就此結束。

也由於今天的課就上到這裡，我就去跟老師打招呼。

老師說，雖然我是和初次搭檔的對象跳舞，不過算是跳得相當不錯了，讓我放心地鬆了口氣。

跳到一半的時候，心情上突然難以顧及到這是在練舞，所以我還以為老師會略有微詞。

團長也向老師打了招呼。我則心不在焉地看著他們說話。

男伴啊……

我是有想到可能會受邀去參加舞會，但沒有想到這一點。

不能一個人去嗎？

不過，當大家都是成雙成對地入場的時候，我也不想自己一個人走進會場。

感覺就會引起周遭人的側目。

既然團長都特意邀約了，要不要乾脆就麻煩他呢？

啊，可是請團長當男伴的話，表示也要跟團長一起跳舞吧？

我的心臟承受得住嗎？

「聖？」

在我傷腦筋地思索之際，老師已經離開教室了，現在只剩我和團長兩人而已。

大概是我想得太專注了，團長似乎有點擔心。

「抱歉，我剛剛在想些事情……」

「沒事吧？」

「沒事……那個，關於男伴的事情。」

提到男伴後，團長的表情看起來更加擔心了。

一定是因為我剛才板著凝重的臉色在沉思害的吧。

對不起。

「霍克大人方便的話，就勞煩您了。」

「真的嗎！我當然樂意之至。」

我把話說完後，團長臉上乍現喜色。

看到他很高興的模樣，讓我的心頭有一點暖暖的。

現在並沒有收到邀請函，還不確定是不是真的要一起參加宴會就是了。

不過，請團長擔任男伴是個很不錯的決定。

反正收到邀請函的話，不管怎樣也是會去麻煩所長他們的吧。
我沒有參加過什麼宴會，所以和已經習慣參加宴會的人一起去會比較放心。
從這方面來說，或許解決了一個未來的煩惱也說不定。
連我自己都覺得這應該是個很好的選擇呢。
後來，神色愉快的團長就送我回王宮安排給我的房間了。

◆

例行的淑女之日。
但是今天和平常不太一樣。
「停課嗎？」
「是的。」
瑪麗小姐說今天的舞蹈課暫停一次。
難道老師有什麼急事嗎？
我感到疑惑地思考著。這時，一名侍女將一封信放在托盤上拿了過來。
瑪麗小姐從那名侍女手上接過托盤，恭敬地遞給我。

「另一方面，禮儀課的講師那邊有出課題給您。」

「課題啊？」

瑪麗小姐只說了這麼多，於是我就拿起她遞來的信，看了看背面。

信封上有封蠟，並且蓋有印章。

我想應該是某個家族的家紋，不過這是哪家來著？

感覺好像在哪裡看過。

課堂上有教到這個國家的主要貴族的家紋。

既然我有印象的話，表示這大概是那些家族的其中之一吧。

不是王家。

王家的家紋我還是記得很清楚的。

由於我一時之間想不起來，就決定先閱讀信的內容了。

我請瑪麗幫忙把封蠟割開，然後把裡面的信紙取出來。

確認過內容後，這似乎是茶會的邀請函。

舉辦時間是從今天下午開始。

地點是……王宮？

能夠在王宮舉辦茶會，想必是個身分相當尊貴的人物吧。

到底會是誰呢？

我內心抱著疑問，正打算確認寄件人的姓名時，才發現上面並沒有註明寄件人。

這是要我從家紋印章推導對方身分的意思嗎？

有這個家紋的家族是……

「聖小姐，今天穿這套禮服如何呢？」

聽到喚聲，我猛然回過神。

一不小心就陷入沉思了。

我看著侍女遞來的禮服，思考該怎麼辦。

「我下午要去參加茶會……」

「哎呀！那麼今天就穿華美一點的禮服吧。」

「咦？等等！」

看來連瑪麗小姐也不清楚課題的內容。

而且我還來不及阻止，她就迅速果斷地向侍女們下達指示。

轉瞬之間，大家都開始幫我準備比平常還要華麗幾倍的衣飾。

看到侍女們相較以往更顯得樂在其中的模樣，我實在無法阻止。

在她們鼓足幹勁進行準備的期間，我便來思考剛才那個家紋的事情。

究竟是哪一家來著？

「您怎麼了呢？」

我皺眉深思的模樣可能引起瑪麗小姐的擔心了。

「我在想寄件人是誰，因為邀請函上面沒有姓名。」

我這麼說道，並把信封和信紙遞給瑪麗小姐。

瑪麗小姐讀完後，看了看信封上的封蠟。

「確實是沒有註明寄件人的姓名。」

「這個課題是要我從邀請函推論出主辦人的身分嗎？」

「有可能是這樣。不過，參加茶會可能也是這次的課題。」

沒錯。

瑪麗小姐的說法很合理。

我也有在學習茶會的禮儀，應該差不多已經學到足以參加的程度了。

雖然還不清楚主辦人是誰，但如果一切都屬於課題範圍內的話，就算向瑪麗小姐請教這是哪一家的家紋，八成也得不到答案。

不過，還是問問看好了。

「我記得自己有在哪看過封蠟的家紋，但想不起來。瑪麗小姐知道是哪家的嗎？」

「知道呀，畢竟這是名門望族的家紋，是艾斯里侯爵家的。」

沒想到她這麼乾脆就告訴我答案了。

由於侯爵不多，理所當然會記得，但我完全忘了。

但是，我有認識出身自侯爵家的人嗎？

「既然是艾斯里侯爵家的話，邀請您的想必是侯爵千金吧。」

「是這樣嗎？」

「是的，而且侯爵千金也是凱爾殿下的未婚妻。」

什麼？

說到凱爾殿下，應該只有那個凱爾殿下了吧？

也就是所謂的第一王子。

原來如此，那種人也會有未婚妻啊。

畢竟十五歲在這個國家就是成年人了，再加上他姑且還是個王子。

就算有未婚妻也不奇怪。

以日本而言是很稀奇的事情，但在這裡可能一點也不稀奇。

不過，他的未婚妻是可以在王宮舉辦茶會的嗎？

即便是未婚妻，感覺一般也不能在王宮舉辦茶會吧。

還是說她已經搬進王宮和王子一起生活了？

「他的那位未婚妻也住在王宮裡嗎？」

「不是的，平常都是住在王都的艾斯里侯爵家府邸。」

「住在王宮外也能在王宮舉辦茶會嗎？」

「因為這次是出給聖小姐的課題吧。」

瑪麗小姐表示，可能由於這次的茶會也是課題的一部分，所以才會在王宮裡舉辦。

艾斯里侯爵千金應該也是從老師那邊得知這件事的。

說得也是。

畢竟雖說是課題，但也只有交給瑪麗小姐一封邀請函而已，再說主辦人也不可能不知道情況吧。

既然如此，這次的茶會或許規模並沒有多大。

看到地點寫王宮，我還想說受邀的茶會規模究竟有多龐大，心都慌了。

雖說如果只是參加的話應該沒有問題，但我打從一開始就不想參加那麼盛大的茶會。

我稍微鬆了口氣。

在和瑪麗小姐討論許多事情的時候，妝髮也都完成了，一切準備就緒。

用鏡子照了全身後，我感受得到侍女們比以往還要用心準備。

她們的臉上也都洋溢著大功告成的滿足感。

看起來真的很不像自己。

鏡子裡的我正露出似乎有點疲憊的笑容。

「您覺得如何呢？」

「嗯嗯做得很好哦。」

侍女們聽到我這麼說都感到很開心，所以就當作好事一樁吧。

於是我就這樣去上早上的課了。

早上的課程結束後，按平常我都會去吃午餐。

但今天等一下還要參加茶會，我便沒吃午餐，直接前往會場了。

早上詢問老師之下，才知道參加茶會這件事本身就是課題。

聽說出席者也只有主辦人和我而已，讓我的心情輕鬆了許多。

主辦人艾斯里侯爵千金和我都是給同一位老師指導禮儀。

由於這層因緣，才會請她協助這次的課題。

像侯爵千金這樣身分相當尊貴的人士，感覺一般情況下不會去協助其他人的課題。不過，據說她是一個非常懂事得體的人，這次的事情也是立刻就欣然答應了。

真是令人感激。

但要讓身分這麼尊貴的千金小姐來協助我的課題，總覺得有一點緊張。

再說，她和我這樣的人談得來嗎？

我最近會和瑪麗小姐她們閒聊時尚的話題，所以在流行等等方面應該也有辦法聊上幾句。

儘管如此，應該還差得遠吧。

茶會是在庭園裡的涼亭舉辦。

由於是西式風格，也可以說是觀景亭。

大概是要一邊欣賞秋天的庭園景致，一邊暢聊各式話題吧。

瑪麗小姐帶著我在這座整理得很漂亮的庭園裡邁步前進。

我可以遠遠看到涼亭，並且有一個應該是主辦人的身影已經入座了。

對方似乎也發現我來了。她從椅子上站起身，走到涼亭外面迎接我。

「莉姿？」

隨著愈走愈近，可以辨識出對方的長相後，一發現那是熟悉的臉孔，我不由得吃了一驚。

站在那裡的是莉姿。

「歡迎來到我的茶會，聖。」

莉姿滿面微笑，還是一樣美。
總覺得她的笑容似乎也帶了點惡作劇得逞的意味。
「呃……謝謝您今天邀請我來參加？」
我好不容易才擠出問候的話語。
希望她能原諒我語尾不小心上揚，變成了疑問的口氣。
因為我就是驚訝到這種程度。
按照莉姿說的入座之後，在周圍待命的侍女們就往杯子裡斟茶。
當我恍恍惚惚地看著侍女斟茶的時候，莉姿就開口說道：
「這是我第一次有幸見到聖穿禮服的模樣呢，有一股不同於平常的新鮮感。」
「啊……嗯……是呀。」
「非常美，很適合聖喲。」
「是這樣嗎？」
「是的！」
穿禮服的模樣受到了誇獎，讓我感到很不好意思。
不對，現在要說的不是這個。
「妳是艾斯里侯爵千金？」

沒錯。

今天邀請我來參加茶會的，應該是艾斯里侯爵千金才對。

從剛才莉姿提到「我的茶會」來看，她本人就是侯爵千金了吧……

說起來，一開始在圖書室相遇的時候，她報上的名字好像是「伊莉莎白·艾斯里」的樣子？

從那之後，我一直都是叫她莉姿，所以直到剛才為止都不記得她的家姓。

我偏著頭跟莉姿確認後，她便嫣然一笑，答道：

「我沒告訴過妳嗎？」

「我可沒聽說妳是侯爵千金啊。」

我無力地回道，結果她就吃吃地竊笑起來。

根本是故意的吧？

「今天舉辦的茶會不是禮儀課的課題嗎？」

「是呀，沒錯。妳也真是的，最近完全不來圖書室，所以從老師那邊得知狀況後，我就很開心地答應了。」

自從我開始在王宮上課後，就自然而然不去圖書室了。

理由單純是因為上課太忙了。

就算我沒時間去圖書室之後，莉姿還是去了好幾次。
真要說的話，我和莉姿的交集之處只有圖書室而已。
我們也沒有特別約好要在那裡碰面，就是各自在有空的時候過去，能不能遇到彼此就隨緣了。
因為這樣，我這陣子完全沒見到莉姿。
「抱歉，我最近都沒有去。」
「這也沒辦法呀，妳很忙吧？」
「是啊……對了，妳沒有邀請其他客人嗎？」
「今天就只有我們兩人而已喲。來，我們邊喝茶邊慢慢閒聊吧。」
於是茶會開始了。
由於這是禮儀課的課題，我便留意著自己的禮節，先喝了口紅茶。
今天的紅茶散發出類似大吉嶺茶的香味。
我在王宮喝過的茶都很好喝，不過還是第一次喝到有大吉嶺風味的紅茶。
「這種紅茶真好喝耶，我應該是第一次喝到。」
「合妳的口味真是太好了，這是和我們家簽約的農場提供的。」
「原來是這樣啊。」

該說真不愧是侯爵家嗎？

應該是簽訂了獨占契約吧。

不只有紅茶，還有許多可愛的糕點擺在桌上，這些東西全部都是莉姿為了今天而準備的。

這個國家的糕點味道稍微偏甜，應該算是特徵吧。

紅茶沒有加任何調味料，所以配起來正好。

雖然這算是禮儀課的額外加課，不過我感到自己充滿了幹勁。

「當然了，這是第一次和聖共度的茶會，我可是使盡了渾身解數喲。」

我將感想告訴莉姿後，她就欣喜地露出微笑，並如此答道。

平常的茶會她當然也會用心準備，不過和我的茶會有另下一番功夫的樣子。

由於她不曉得我的喜好，所以這次選的都是她喜歡的東西。

雖說莉姿的外表還正在發育中，但感覺未來會長成一個嬌豔的大美女，平常穿著的禮服也通常走色彩鮮豔的華麗風格。

不過，看到今天擺在桌上的糕點之後，我發現她好像比較喜歡可愛的東西。

莓果口味的糕點以粉紅色為基底色調，裝飾物也都是可愛討喜的風格。

我指出這一點後，莉姿就一臉害羞地點了點頭。

她挑選禮服等穿戴在身上的衣飾時，重視的果然是適不適合自己，所以和真正的喜好差得有點遠。

但今天只有我而已，她就盡情按自己的興趣來做了。

我們話匣子大開，聊著聊著話題就轉到最近發生的事情上。

「我最近有聽說一些關於聖女的事情。」

莉姿起了這樣的開頭。

我正好在喝紅茶，費了好大的勁才沒被嗆到。

「聖女？」

「對，聽說會使用很高超的恢復魔法，許多騎士都有受到她的幫助。」

「真、真的啊？有這樣的事哦？」

「甚至在討伐當中失去的手腳，都因為聖女的幫助而復原了。經過她治療的騎士們對她充滿了感激之情。」

「哇……」

「能夠復原失去的四肢這種事情，在這個國家也是使用恢復魔法的第一高手了。不過，聽說聖女完全沒有因此而驕矜自滿，是個非常謙虛的人，騎士們已經把她當作神來崇拜了。」

嗯，我覺得頭有點痛。
說到崇拜，就是他們了吧。
一定是第二騎士團那些人。
我想要相信第三騎士團還沒走火入魔。
聽莉姿說這些事情，我不由得想佯裝不知她在說誰，但她不容許我這樣。
「我都不知道聖這麼擅長使用恢復魔法呢。」
「啊……嗯，是啊……」
莉姿露出一種像是在說「妳知道該怎麼辦吧」的微笑，讓我覺得自己必須跟她說實話才行了。
我們以前從來沒有深入聊過彼此的事情。
最大的原因是以往都沒有聊這些的必要，所以我覺得趁這個機會稍微聊一下也好。
「我是最近才學會使用魔法的。」
「這樣啊？」
「畢竟在那之前不需要用到魔法呀。」
我說完，莉姿就勾著一抹淺笑注視我。
怎麼了？

「過去之所以沒有使用魔法，難道不也是因為聖原本的世界沒有魔法，所以對魔法並不熟悉嗎？」

「咦？」

「聖也是被召喚過來的吧？」

我忍不住睜大了雙眼。

知道我是因為「聖女召喚儀式」被召喚過來的人其實不少。

當然並不是我到處跟人講的緣故。

特地告訴大家我是因為儀式被召喚過來的，不就等同於告訴大家我是「聖女」嗎？

我不可能這麼做的。

因此，會有一部分人知情應該都是因為王宮有向他們說明。

不止是所長和團長，騎士們和宮廷魔導師們應該都知情。

侍女們恐怕也是知情的。

這件事並沒有清楚傳達給研究所的人們知道，所以我想是分成兩邊，一邊有隱隱察覺到，一邊則是渾然不覺。

看到研究員們的反應，我不由得就這麼認為了。

知情的人和應該不知情的人之間的區別，我想是在於王宮認為有些人知情比較好，有些人則沒有知情的必要。

基於國防因素，騎士團和宮廷魔導師團這些人是必須知情的。

至於侍女們的話，她們本來就是受到指派來照料被召喚過來的「聖女」，照理說她們應該是知情的。

反過來說，我不覺得莉姿會是王宮認為有必要知情的一分子。

所以我很驚訝莉姿竟然知道。

「妳一直都知道嗎？」

「是呀。」

「從什麼時候開始的？」

「一開始就知道囉。」

「一開始是指我們在圖書室遇到的時候嗎？」

「可以這麼說，但我是碰巧在那裡遇到妳的。」

根據莉姿的解釋，她真的只是偶然在圖書室遇到我而已。

不過，她在那之前就知道有舉行「聖女召喚儀式」，所以看到我的眼睛和頭髮的顏色後，便推測我應該是被召喚過來的人。

畢竟對這個國家而言，這似乎是很罕見的顏色。

當我們開始會在圖書室聊天的時候，她就肯定了自己的猜測。

因為我明明看得懂由各種語言撰寫出來的書籍，卻完全不了解相關文法，她是透過這一點來判斷的。

的確，怎麼可能有看得懂卻壓根不了解文法這樣的情況。

「而且另一人也是如此。」

「是哦？」

她口中的另一人是指愛良妹妹吧。

說到這個，莉姿好像也是在王立學園念書的樣子。

她們是同學嗎？

「聽說她也是看得懂斯蘭塔尼亞的語言和古語，但不了解文法之類的東西。」

「這樣啊。是說，莉姿妳和愛良妹妹是同學嗎？」

「不是，她比我高一個年級。」

「哦。」

「對了，原來聖也知道她的事情呀。」

「嗯，知道一點。」

剛被召喚過來的時候，我曾和和侍女和文官他們打聽過愛良妹妹那邊的情況。

畢竟她是和我一起被召喚過來的女孩子。

我對她很好奇。

我們在那之後一次都沒見過面，所以我偶爾會想說不知道她怎麼樣了，其實還是會有點擔心她。

「她過得好嗎？」

「這個嘛……看起來是很健康的樣子。」

見到莉姿有點欲言又止，我不禁偏起頭。她則一臉苦惱的模樣。

「發生什麼事了嗎？」

「嗯，算是吧……」

這時，莉姿輕輕抬了一下手，周遭的侍女們便宛如退潮似的散去了。

這是怎樣？好厲害啊。

我正感到佩服時，莉姿確認侍女們都離開後，便緩緩開口說道：

「妳還記得我之前提過一個令人頭疼的同學嗎？」

「我想想……」

說起來，她確實有提過。

沒記錯的話，是說那個同學的身邊總有受歡迎的男生陪侍的事情吧。

那個同學怎麼了嗎？

該不會……

「那個同學該不會是愛良妹妹吧？」

一問之下，她就面帶憂色地向我點了點頭。

我忍不住望天。

「雖然我當時是說同學，但其實就是指愛良小姐沒錯。」

「原來是這樣啊。」

不過，現在也不是詳細說明到底是不是同學的時候。

「從那之後，我也一直很努力要想辦法解決這件事，但實在不怎麼順利。」

「是叫她不要跟有未婚妻的男性走得太近嗎？」

「沒錯。」

「哦……」

聽到莉姿這麼說，我的視線不禁飄向遠方。

就算是在日本，纏著有訂婚對象的異性搞曖昧也是會惹人非議的。

不止是有訂婚對象的人，對有男女朋友的人這麼做也一樣。

但是相較於這個國家，在日本那邊應該比較不會造成問題吧。

很多在日本那邊不會造成問題的舉動，換成這裡就會是問題。
比方說，在天氣很熱的時候掀裙子搧風，或是在異性面前光著腳丫子等等。
我以前也曾被莉姿罵過。
愛良妹妹可能和我一樣吧。
如果她在這裡對待朋友的方式和在日本的時候一樣，不知道以這個國家的標準而言會被視為問題的話……
咦？
不過莉姿她們好像提醒過她好幾次了吧？
「妳們有提醒過愛良妹妹吧？」
「我是聽說其他人有當面提醒過她。」
「這樣啊。但她還是沒有改變行為的話……」
「妳想到什麼事情了嗎？」
「嗯……」
莉姿這麼問道，我就把剛才的想法告訴她。
我和愛良妹妹待過的日本和這個國家，對於問題行為的判定標準不同。
比起這裡，日本那邊的標準相當寬鬆。

所以，愛良妹妹可能是不曉得有這樣的事情。

「如果妳們就只是請她反省和別人的相處方式，說和男生交朋友會造成問題的話，她可能無法明白妳們的意思。」

「是如此沒錯。」

「我也是因為經過莉姿提醒才發現這一點的。不過，她身邊的男孩子們應該有在提醒她吧。」

「這是不可能的喲。」

莉姿露出傷腦筋的笑容，但斬釘截鐵地這麼說道。

相對於表情，她渾身散發出的氛圍令人覺得有點可怕，我的背脊不由得顫抖了一下。

雖然我並不是真的有看見什麼啦，但那樣的氛圍就像是整個人籠罩著一股黑壓壓的氣場似的。

呃，莉姿小姐？

發生什麼事了嗎？

「若是那些人能有這份體貼，現在就不會是如此麻煩的局面了。」

「也、也對。」

有道理。

莉姿說得沒錯。

她用一種感到傻眼的語氣這麼說著，看起來有點嚇人。

不過，她為什麼會這麼生氣（？）呢？

這時，我想起瑪麗小姐說過的話。

說起來，莉姿的未婚夫是……

「我問一下哦，那群男生當中該不會有莉姿的未婚夫吧？」

「是啊。」

我小心翼翼地提出問題，得到的答案是ＹＥＳ。

莉姿的身後好像變得更晦暗了，希望是我的錯覺。

「莉姿的未婚夫是他吧？那個……」

「就是凱爾殿下。」

她的回答如我所料，而我只能發出一陣乾笑。

原來如此，那種人是她的未婚夫啊。

「我有聽說凱爾殿下曾經讓聖感到很不愉快。」

「嗯？是啊……」

回想起剛被召喚過來時的事情，我也只能笑笑而已。

嗯，那真的實在是……

當我露出肯定很僵硬的笑容後，莉姿就坐正了身體。

她看向我的眼神非常認真。

「我代替殿下為當時的事情向妳道歉。」

「咦？莉姿不需要向我道歉啦。」

「可是……」

「沒關係，又不是莉姿妳的錯。」

看到莉姿仍舊一臉不安的表情，我極力撐起笑容，強調她不用將這件事放在心上。

雖然我可以理解她想代替未婚夫向我道歉的心情，但畢竟錯不在她，這樣會讓我不知該如何回應。

「別說這個，現在來想想該怎麼解決愛良妹妹的問題吧？」

「聖妳啊……」

再繼續談王子的事情只會讓我感到困擾，因此我硬是轉換了話題。

莉姿似乎有察覺到我的目的，但她只是一臉傷腦筋地嘟囔了一下，並沒有繼續追問。

她能體諒我這種微妙的內心糾葛，實在很令人感激。

後來，我和她討論起該如何改善愛良妹妹的處境。

兩個人不斷反覆交換彼此的想法。等回過神的時候，已經過了很長一段時間。
總覺得有找到解決問題的方向了，我想後續的細節交給莉姿應該沒問題。
就這樣，第一次的茶會順利落幕。

幕後

御園愛良當時是十六歲的高中生。

一起住的家人只有父母而已，她是家裡的獨生女。

由於父母都要工作，愛良經常一個人在家。

那天，由於父母正值業務繁忙時期，到了深夜還是只有愛良自己在家。

愛良原本在房間裡看雜誌，後來因為口渴又有點想吃甜的，便決定去自家大樓一樓的超商買東西。

她在玄關穿好鞋子正打算開門的時候，腳邊突然湧出一陣白光，刺眼得讓她閉上了眼睛。

隔著眼皮感覺到光芒消失後，她輕輕睜開眼，發現自己在陌生的廳室裡。

（這是怎麼回事？）

她直到剛才為止都在自己家裡才對，眼前卻是一片未曾見過的景象。

牆壁和地板都是石造的，周遭還有一群打扮奇特的人們正在開心地歡呼。

愛良呆呆地望著這幅景象，感覺自己像是在看電影似的。

現場還有另一個和愛良同樣是被召喚過來的人，但愛良並沒有發現她。

那個女性坐在愛良的右後方。

現在的情況已經超過愛良的理解範圍，她自己的腦袋也已經放棄思考了，所以沒能注意到背後有其他人。

愛良當下沒有發現她，這就是第一個分歧點。

不久後，她聽到開門的聲音，於是反射性地往傳出聲音的方向看過去，便看到三個青年走進廳室。

這幾人的打扮也是她從未見過的，而且五官都相當端正帥氣，簡直就像是演員一樣，讓愛良覺得這一切更像是電影了。

他們三人往愛良走過去，其中一個看起來地位最高的紅髮青年在愛良面前跪了下來。

然後，面露微笑地這麼說道：

「妳就是『聖女』嗎？」

紅髮青年——斯蘭塔尼亞王國第一王子凱爾‧斯蘭塔尼亞的這句話，確實傳到愛良耳裡了。

但是愛良只有聽進聲音，並沒有聽進內容。

在她呆呆地抬頭看著凱爾的時候，凱爾也對她說了一些話。可是那些內容都只是從左耳進再從右耳出，她完全沒有聽懂。

另一個擁有深藏青色頭髮的青年，是從小和凱爾一起長大的現任宰相之子——戴米恩．戈爾茨。他在發現愛良的樣子不太對勁後，就低聲對凱爾說了幾句，凱爾便說：「總之先走吧。」然後牽著愛良的手站了起來。

她在凱爾等人的帶領之下走過王宮的長廊，進入日照良好的房間裡。

在長廊上走著走著之間，她的情緒鎮定了幾分，也開始觀察周圍的情況。

直到在房間的沙發上坐下後，她終於有餘力和凱爾他們講話了。

「再重新介紹一次，我是斯蘭塔尼亞王國第一王子，名為凱爾．斯蘭塔尼亞。方便請教妳的姓名嗎？」

「我叫做御園愛良。」

愛良按照問題報上了姓名，但說完後，她才想到姓名應該顛倒過來。

「啊，愛良才是名字。」

「這樣啊，原來愛良的國家和我國的姓名順序不一樣。」

雖然聲音很微弱，不過看到愛良終於開口說話，讓凱爾等人的笑意都更深了。

剛才凱爾在舉行召喚儀式的廳室裡也有向愛良自我介紹，但她都是一副恍惚的模樣，沒

有做出回應，因此凱爾他們擔心是不是召喚儀式有紕漏，導致她的身體狀況出問題。

「那個，我為什麼會在這裡呢？」

這是愛良腦中第一個浮現的問題。

原本要去超商，結果打開門發現人在歐洲。

儘管實際上並沒有打開門，但在她的認知裡就是這樣的感覺。

愛良自己也搞不懂這是什麼意思就是了。

「是我們透過『聖女召喚儀式』將妳召喚過來的。」

「聖女？」

愛良偏過頭，站在凱爾旁邊的戴米恩便為她講解所謂的「聖女」與「聖女召喚儀式」。

聽完他的說明後，愛良就知道自己是被召喚到異世界來解決魔物。

被召喚到異世界。

只存在於漫畫和小說裡的劇情，現在發生在她身上了。

雖然感覺非常不真實，但理解到這個程度後，她忽然冒出一個疑問，那就是自己能不能回到日本。

在某些故事裡，只要完成使命就能回到原本的世界。

「呃……那個，只要解決了魔物，我就能回到原本的世界嗎？」

「這個嘛，倒沒聽說之前召喚過來的聖女有回到原本的世界。」

愛良抱著一絲希望將想到的問題問出口，而戴米恩則為剛才的說明再補充了這麼一句。他的意思是，上次舉行儀式是相當久遠以前的事情，而且也沒有留下當時被召喚過來的「聖女」回到原本世界的紀錄。

「我……回不去了嗎？」

愛良臉色茫然地喃喃吐出了這一句話。凱爾原本還在為召喚「聖女」成功一事感到欣喜，見狀不禁愕然。

對凱爾他們來說，愛良被召喚過來是一件可喜可賀的事情，但對愛良來說，未必是值得高興的事情。

凱爾之所以會察覺到這一點，是因為有一滴淚水從愛良眼中滾落了下來。

◆

「聖女召喚儀式」結束後過了一陣子。當愛良也逐漸習慣斯蘭塔尼亞王國的生活後，凱爾便要她去就讀王立學園。

王國的貴族子弟都就讀於學園，除了基本學識之外也能學習魔法，因此「聖女」必須學習的事情大致上都能在學園裡學到。

愛良二話不說就同意了。

她這陣子一直在依賴凱爾。

自從愛良落淚以後，凱爾在各方面都把她照顧得無微不至。

這是因為，他對於愛良被召喚過來而和家人朋友分離一事產生了罪惡感，於是想要贖罪。

在那件事之後，愛良就成為凱爾必須保護的對象了。

為了能多少讓愛良的心靈得到安慰，他按照自己的想法採取了行動。

凱爾自己也要去學園上課，而且公務雖然不比國王多，但也相當忙碌。即便如此，他還是會盡量抽出時間陪伴愛良。

此外，由於愛良是兩手空空地來到這個國家，他就送她時下流行的禮服飾品以及其他隨身用品，還有外觀可愛的糕點等等。

凱爾的親信們也一樣會在凱爾不在的時候以輪替的方式陪伴愛良。在共度的時光當中，一邊吃著各自帶來的糕點，一邊閒聊這個國家或愛良原本的世界的事情。

簡直像是被捧在手掌心上呵護的待遇，讓無依無靠的愛良漸漸依賴上他們了。

由於她是獨生女的緣故，父母也非常珍視她。

再加上愛良家境富裕，從她小時候開始，父母便會無視她的意願逕行塞給她玩具、服飾等各式各樣的東西。

特別是愛良的媽媽很喜歡讓愛良穿上可愛的衣服。

媽媽休假的時候，通常都會讓她穿上外出服，然後帶她去形形色色的地方。

愛良在媽媽心目中就是可愛的娃娃，而且愛良也從小就習慣這樣了，所以對此並不抱持疑問。

只要按照媽媽的指示去做，就不會有任何問題。

雖然被召喚來異世界之後就和家人分開了，但對愛良來說，凱爾他們的行為和從前的家人是一致的。

因此隨著愈來愈習慣，她開始不帶任何疑問地接受凱爾給予的一切，並按照他說的去行動。

對愛良來說，這是很理所當然的事情。

◆

愛良在凱爾第一王子的建議下前往王立學園念書後，已經過了三個月。

她的能力節節攀升。

愛良不算喜歡念書，但也不到討厭的地步。她在日本的時候都很認真上課，成績屬於前段班。

這一點來到學園後也沒變，她在這裡學習斯蘭塔尼亞王國的歷史和魔法等各種課程。

雖然她是中途轉進來的，但除了原本的課程以外，老師還會額外給她補課，她也會請教凱爾他們，因此總算跟上了課堂進度。

至於算數和自然科學這些日本也有在學習的科目，由於原本世界的課程進度比較快，所以比起周遭的學生，愛良的成績反而還比較優秀。

「升級了。」

「恭喜，那麼接下來施展這個魔法看看吧。」

下課後的演習場。

愛良在和凱爾的親信之一——馬克·陽一起練習魔法。

馬克是伯爵家的長男，是凱爾這輩裡最有魔法天分的學生，也是將來有望率領宮廷魔導師團的人選。

在就讀學園前，經確認後，發現愛良和聖一樣擁有聖屬性魔法的技能。

聖屬性魔法是過去的「聖女」都肯定會持有的技能，凱爾得知愛良有這方面的資質後，用理所當然的模樣得意地點了點頭。

然後在凱爾的指示下，她入學後每天放學都一定要和凱爾他們一起練習魔法。

在凱爾的親信當中，她最常和馬克一起練習，但這和馬克很擅長魔法有關。

雖然馬克本身沒有聖屬性魔法方面的資質，但他具有風屬性和雷屬性魔法的資質，對於未具備資質的屬性魔法也鑽研了不少，懂得非常多。

透過課堂和下課後的練習，愛良的聖屬性魔法技能以相當快的速度提升等級。

對此，周遭的人認為是因為凱爾有提供支援，讓她能大量使用昂貴的ＭＰ恢復藥水來練習魔法。

魔法技能的等級是經由施展技能來提升的，有藥水可以使用就不必擔心ＭＰ會耗盡，能夠增加施展次數。

其實更大的原因在於愛良是來自異世界的人類，相較於這個世界的人類，基礎等級和技能等級都更為容易提升。

聖的等級也同樣容易提升，因此她的生產技能等級才以相當快的速度升級，但沒有人察覺到這一點。

全都是因為聖做出了數量非比尋常的藥水。

「今天就先到這裡吧。」

「好。」

聽到馬克這麼說，愛良便點點頭，停下了動作。

這一天準備的ＭＰ藥水已經用完了，也差不多到了平常結束練習的時間。

她和馬克一起離開演習場，在走廊上邁步前進。

接下來就要回王宮了，但馬克看到學園門口的情景和平常不同，便攏起了眉。

「馬車沒來啊。」

按平常的話，王宮都會派馬車來迎接，這時候應該已經在門口待命了。

但是，今天還沒有看到馬車。

根據凱爾的指示，愛良的身邊總是會有他的親信陪同以保護她的人身安全，不過現在只有馬克一人而已。

因此，馬克不能選擇離開這裡去叫馬車，自然而然就變成兩人一起等馬車了。

一直沉默地等待也漸漸讓人感到厭倦，於是他們便開始你一言我一語地閒聊起來。

馬克平常只會談愛良正在練習的聖屬性魔法，但在這時候也談到其他屬性魔法的事情。

從旁人的角度來看，其中也包含專業性的艱深內容。不過對於在日本學過自然科學的愛良而言，這些內容她大概可以理解，而且聽起來也非常有趣。

就這樣，雖然兩人度過了出乎意料地愉快的時光，卻沒有察覺到有人在暗處看著他們有說有笑的模樣。

「不好意思，方便說幾句話嗎？」

愛良現在已經差不多適應學園生活了。當她正要像平常一樣前往演習場時，背後有人叫住了她。

她回頭一看，發現是一個感覺有點冷漠的美少女。

她是第一次被這個少女叫住，但像這樣被女學生叫住並不是第一次。

愛良剛進入學園就讀的那陣子，身邊總是會有凱爾他們之中的某個人陪同。不過愛良最近也適應學園生活了，所以在極少數的情況下會落單。

這種時候就會有女學生叫住她，簡直像是看準了時機似的。

叫住愛良的女學生有幾個，但對她講的內容都大同小異。

像是不要再糾纏凱爾殿下那群王族或高階貴族的子弟，還有不要對別人的未婚夫出手等等。

從愛良的角度來看，她們說的事情全都讓她不知該如何回應。

愛良本來就沒有糾纏凱爾他們的意思，也不記得自己有對他們出過手。

凱爾確實對她很好，他的親信們即使撇除受到主子指示這一點來看，也還是對她相當友善。但她一直認為他們是基於把她召喚過來的責任才會相當照顧她。

此外，就算女學生們要求她離凱爾他們遠一點，但除了凱爾他們以外，她沒有其他可以依靠的人了，所以她非常不願意這麼做。

「我是伊莉莎白·艾斯里，凱爾殿下的未婚妻。」

聽到未婚妻這個詞，愛良自然而然地蹙起了眉。

她覺得伊莉莎白要說的話和其他女學生差不多。

她對凱爾的未婚妻也有所耳聞，對方應該是侯爵家的千金。

「我想其他人也有告訴過妳了，和有未婚妻的男士走得太近是不妥的行為。」

果然和之前叫住她的女學生們說的一樣，愛良不禁很想嘆氣。

「如果妳不介意的話——」

「妳在做什麼！」

一道憤怒的嗓音響起，將伊莉莎白的話語蓋掉了。

愛良往傳出聲音的方向看去，便發現臉色陰沉的凱爾和他的親信們正往這邊走來。

「伊莉莎白，妳找愛良到底有什麼事？」

面對凱爾憤怒的聲音，伊莉莎白彷彿毫不在意似的提起裙子，優雅地行了一禮。

凱爾大步走到愛良身邊，站在愛良和伊莉莎白中間，將愛良護在身後。

「只是稍微談一下事情而已。」
「事情？」
「是的。」
凱爾依然用嚴厲的嗓音這麼問道。而伊莉莎白則擺出一派輕鬆的表情回答：
「聽說愛良小姐下課後總是在和殿下你們練習，所以我在想，如果愛良小姐不介意，我也可以幫忙。」
聽到伊莉莎白這麼說，愛良很驚訝。
雖然剛才沒有說到這樣的事情，但伊莉莎白在被凱爾打斷話之前，可能就是要跟她提這件事。
「沒必要，我來照顧愛良即可。」
「可是殿下……」
「『聖女』的相關事情已經交給我全權負責了。妳要說的只有這些嗎？」
「……」
面對冷著一張臉不容人置喙的凱爾，伊莉莎白沉默了下來。於是凱爾一副「話就說到這裡的模樣將手繞到愛良背上，打算離開這裡。
這時，又有一道聲音從另一個方向傳來。

「啊，原來在這裡啊。」

所有人一致往傳出聲音的方向轉過去，便看見一個擁有鮮豔赤金色頭髮、長得和凱爾很像的少年走了過來。

那是斯蘭塔尼亞王國的第二王子——連恩．斯蘭塔尼亞。

他渾身散發著一股恬靜的氛圍，走到凱爾旁邊後溫和地微微一笑。

看到這樣的連恩，原本緊張的局面都不由緩和了幾分。

「王兄，我找你好久了。」

「怎麼了？」

「荷索老師在找你。」

「老師找我？」

「他說要跟你談談下週前往東邊森林遠征的事情。」

「是哦。」

凱爾等人為了提高愛良的基礎等級，計劃下週要前往東邊森林討伐魔物。

不過以凱爾等人的基礎等級而言，東邊森林的魔物已經太弱了，所以從之前開始，擔任護衛的騎士團和老師們都建議差不多可以移往南邊森林了。

然而凱爾就怕愛良有個什麼萬一，始終反對前往南邊森林遠征。

因此，聽到荷索在找自己，凱爾的臉色又沉了下來。

他猜老師恐怕又要勸他移往南邊森林了。

於是，秉性認真的凱爾就算覺得很厭煩，還是和愛良以及親信們一起去找荷索了。

被留在原地的連恩和伊莉莎白相視苦笑。

「時機真不湊巧。」

「就是說呀。」

身為第二王子的連恩和凱爾一樣從小就認識身為侯爵千金的伊莉莎白，因此短短三言兩語之間便能了解彼此想說的事情。

所謂的時機不湊巧，指的是凱爾在伊莉莎白和愛良說話途中出現一事。

連恩對於愛良一直待在凱爾的庇護下感到不妥，也知道學生們議論紛紛的傳聞，所以找伊莉莎白討論如何改善這樣的情形。

伊莉莎白那邊也有接到凱爾親信的未婚妻們請求，希望她能想點辦法讓愛良別再把凱爾他們當陪侍。

兩人討論過後，決定可以試著讓伊莉莎白在學園代替凱爾等人去協助愛良。

而剛才伊莉莎白正好遇到落單的愛良，便出聲叫住她。然而凱爾在她即將說到重點的時候出現了，結果沒能把事情告訴愛良。

雖然凱爾將愛良視為「聖女」來對待，然而其實被召喚過來的並不是只有她一個人而已。

儘管現在還沒有報告指出另一個聖女候選人有施展出「聖女」的特有能力，不過連恩也有得知她建立各種實績的事情。

最近開始傳出少許質疑的聲音，說另一名女性可能才是「聖女」。

連恩察覺情勢對偏重愛良一人的兄長不利，於是向凱爾提出各式各樣的建議。但不知是否由於凱爾執拗了起來，只要是關於愛良的事情，凱爾都聽不進去。

看樣子只能想辦法找機會和愛良接觸了。連恩和伊莉莎白這麼想著，也離開學園了。

愛良從學園回到王宮的個人房間，讓在房內待命的侍女退下後，一個人往床上倒去。

比起身體，她覺得精神上更加疲憊。

她躺在床上回想今天一整天的事情。

最近為了避免被女學生們叫住，她都盡量和凱爾他們待在一起，但今天碰巧落單了。不出所料，她被伊莉莎白叫住了。但她覺得今天來找她說話的伊莉莎白和以往的女學生們不同。

由於凱爾在說話途中出現了，她沒有把伊莉莎白的話聽完，不過伊莉莎白好像打算像凱爾他們那樣教她功課。
她還是第一次接到這樣的提議。
自從來到這個世界後，愛良身邊總是只有凱爾他們而已，沒有一個可以稱之為女性朋友的對象。
如果當時凱爾沒有出現，讓伊莉莎白把事情說完的話，她們或許就成為朋友了？
就算遭到凱爾反對，但答應伊莉莎白的提議應該比較好吧？
愛良苦惱之下，終究沒有選擇改變現狀。
雖然聽其他女學生說些有的沒的很令人鬱悶，不過只要她注意一點就可以避開了。
畢竟和凱爾他們待在一起的時候，她們都不會出聲叫住她。
而且也不知道答應伊莉莎白的提議後，對方會不會真的按照所說的來做。
想起目前為止的女學生們的態度，她就不太敢無條件相信伊莉莎白所說的話。
因此，愛良希望能維持現狀。
要不要答應伊莉莎白的提議？
這是第二個分歧點……
愛良接著想起荷索今天說的事情。
和凱爾一起去找荷索後，不出凱爾所料，荷索建議他們差不多該移到南邊森林去練等級。

凱爾過去都以愛良的等級還沒追上他們為由，堅決要在東邊森林練等級，所以才沒有移往南邊森林。但荷索表示，就算是愛良這樣的等級，只要有凱爾等人同行的話，便不會有問題。

坦白說，每次談到練等級的地點，凱爾都拿愛良等級低來當作理由的時候，她就會覺得自己在扯他們後腿，因而有點尷尬。

如果能消除這種不安，她認為不妨就挑戰去南邊森林練看看等級，但看到凱爾固執地堅持要留在東邊森林，她便開不了口。

「『狀態資訊』。」

愛良詠唱學到的其中一個生活魔法之後，眼前就出現半透明的視窗。

看到上面顯示的等級，她便嘆了口氣。

之前有聽說南邊森林的適合等級是12～20級。

她的基礎等級已經達到要求了。

她自己最近也有感覺到等級很難提升。

該跟凱爾說自己想去南邊森林看看嗎？

愛良感到有點煩惱，但馬上就決定交給凱爾做主。

他是不可能會對她不利的。

想到這裡，愛良從床上起身，並把眼前的視窗刪掉。

御園　愛良　　Lv.15／魔導師
HP：　691／691
MP：1,846／1,846
戰鬥技能：
水屬性魔法：Lv.1
風屬性魔法：Lv.1
聖屬性魔法：Lv.4

第四幕　品種改良

許久不見的圖書室。

自從開始上課後就撥不出時間來這裡，今天終於能來了。

我腳步飛快地前往的方向，是前陣子獲准進入的禁書庫。

雖然是附設在圖書室裡面，但圖書室的一般圖書區和禁書庫之間設有司書員們的休息室，而且還有一道上鎖的厚重門扉把兩區分隔開來。

門鎖乍看之下只是很普通的鎖，不過好像沒那麼簡單。

我也不是很懂，就是聽說門鎖其實有使用一種神祕的魔法技術，只要是沒有獲得許可的人，就算用鑰匙也沒辦法開門。

八成是類似生物識別技術的東西吧。

順便說一下，從禁書庫出來外面不需要上鎖。

似乎會自動上鎖的樣子。

我將許可證遞給休息室的司書員看，他就幫我打開禁書庫的鎖，帶我前往目標書架。

圖書室本來就沒什麼人來，禁書庫更是沒有人。

現在大概只有我和司書員在吧？

「您要找的藥草相關書籍都放在這邊和這邊的書架上。」

「謝謝。」

抵達目標書架後，司書員就回去了。

我立刻開始瀏覽架上書籍。

到底是設有閱覽限制的場所，書架上的書籍都綁有鍊子，避免被人帶出去。

鍊子有一定的長度，看起來足夠拉到書架旁邊的桌椅上。

我挑了兩三本較為顯眼的書後，就走到那邊坐下。

這裡的書籍似乎比圖書室裡的還要老舊，我翻書的時候都有點緊張。

我一邊謹慎留意，一邊查有沒有想要的資料。

我在尋找的是，比上級HP藥水所使用的藥草更具高療效的藥草。

圖書室裡的藥草相關書籍幾乎都翻過了。

雖然那些書有記載到上級為止的藥水所使用的藥草，但沒有提到可能比那些藥草更具療效的藥草。

我猜或許能在禁書庫的書籍裡找到資料，所以才會來到這裡。而這個決定似乎是正確的。

如我所料，這裡的書籍寫有許多圖書室的書籍所沒有的藥草記述。

不止如此，就算是同一種藥草，這裡的內容也更為詳細……

嗯。

而且處處可見類似「這麼做，就能賦予藥水有點棒的效果唷」的敘述。

至於是什麼效果……就當作沒看到吧。

我就這樣專注地閱讀起來。不過看了好幾本後，還是會有一點累。

稍微休息一下吧？

我這麼想著而抬起頭後，就發現有人站在旁邊。

「咿！」

我的身體抖了一下，忍不住叫出了聲。

在一片昏暗當中，隱隱約約浮現出一張白磁面具……不對，是臉。

不知道從什麼時候開始，師團長就站在那裡了。

呃，是師團長沒錯吧？

他面無表情地垂首看著書，而且五官又相當精緻，導致那張臉看起來很像面具。

「師團長？」

我朝他出聲後，他的視線就移向我，然後緩緩露出一抹微笑。

「妳在找藥草嗎？」

「對，是這樣沒錯……師團長什麼時候來的？」

「不久前來的。我就站在這裡等妳什麼時候會發現。」

「其實您喊我一聲就好了。」

「我看妳讀得很專心的模樣，怕打擾到妳。」

我確實是集中了精神在讀書，但有至於別人站在這麼近的地方都渾然不覺嗎？

我完全沒感覺到有人靠近的氣息。

一抬頭就發現旁邊站了個人，著實把我嚇得不輕。

當我撫著還在怦怦直跳的胸口的時候，師團長就伸手把書翻到下一頁。

「妳有想要殺害的對象嗎？」

「什麼？」

他的問題實在太出乎我的意料之外，我整個人都呆掉了。

為什麼會突然問到這種事情？

「這上面記載的全都是毒草吧？」

我看向師團長指著的頁面，發現的確全是毒草。

應該說，這本書本身就是網羅了各種毒草的書籍。

不、不是有句話說，使用得當的話，毒也可以成為藥嗎？

我絕對不是想依照本來的用途來使用哦！

「畢竟使用得當的話，毒也可以成為藥嘛。」

「哦，這樣啊。」

師團長點了點頭。感覺他理解成另外一種不同的意思了，但我說的可是真的哦。

真的是真的哦。

「那麼，妳在找什麼呢？」

「嗯……我在找的是，除了現在用於製作藥水的藥草以外，看起來也能夠恢復HP和MP的藥草。」

「現有配方以外的藥草嗎？」

「是的。」

見師團長露出疑惑的表情，我便跟他說明目前為止的研究經過。

並且也告訴他，我正在找比上級藥水所使用的藥草更具高療效的藥草。

師團長聽完便說了句「原來是這樣啊」，然後用手托著下巴思忖了一會兒。

「藥水的製作方法，是一邊注入魔力，一邊熬煮藥草和水吧？」

「是的。」

「聖小姐知道植物也具有微量的魔力嗎？」

「咦？是這樣的嗎？」

我還是第一次聽到。

聽師團長說，這個世界的所有生物或多或少都具有魔力。

這一點是他在研究的過程中發現的，所以並沒有太多人知道。

於是，他便根據這一點對我提了個建議。

那就是，若想提高藥水的效能，可以著眼於藥草所具有的魔力看看。

一般看法中，藥草做成藥水後就能提高原本的效力，是由於製作過程中注入的魔力所帶來的影響。

師團長也認為，我製作的藥水之所以比其他人做的還要高出五成效能，可能是製作過程中的魔力導致的。

「如果能讓藥草擁有聖小姐的魔力，說不定效能還能再提高呢。」

「這是可能的嗎？」

「誰知道呢？」

登愣！

我想說這裡才是關鍵之處，結果師團長似乎也沒有依據。

師團長說得沒錯，如果藥草具備和我一樣的魔力的話，或許效能還能再提升，但問題在於要怎麼讓藥草擁有我的魔力。

「抱歉沒能幫上忙。若是魔法方面的事情，我應該還有辦法提供幫助……」

「不，您提到的藥草魔力很有參考價值，謝謝您。」

雖然師團長一副感到抱歉的模樣，但多虧有他的建議，讓我看到了一絲光明。

到這裡也正好告一個段落，我決定先離開禁書庫，回去研究所。

這是我第一次知道藥草具有魔力，所以研究員們也很有可能不知道。

不過在藥草這方面，他們懂得應該比師團長還要多吧。

跟大家商量的話，或許就能找到讓藥草擁有我的魔力的好方法。

於是，我就帶著些許雀躍的心情和師團長道別了。

◆

回到研究所後，我詢問了研究員們。

該說真不愧是研究員嗎？有幾個人也知道藥草具有魔力的事情。

不過，似乎誰也沒想過要讓藥草保持自己的魔力，所以我提到師團長的建議後，所有人都吃了一驚。

一般而言，確實都不會想到讓藥草擁有自己的魔力後，就能提高效能吧。

因此，大家對於賦予藥草魔力的方法都沒有頭緒。

不過，不知道也是沒辦法的事。

只要多多嘗試就行了。

「所以說，裘德，你可以幫我嗎？」

「還真是突然耶，要我幫妳什麼啊？」

雖然裘德露出了苦笑，但還是打算幫忙，他人真的很好。

我首先確認的，是能否形成含有魔力的水。

把剪下來的花插在染色的水裡的話，花瓣不是會變色嗎？

我想利用這個原理，把藥草放在含有魔力的水裡試試。

不過我不知道形成魔力水的方法，所以就請教感覺很有可能會知道的裘德。

畢竟裘德有水屬性魔法的資質嘛。

然而遺憾的是，他並不知道。

他嘗試用水屬性魔法形成含有魔力的水，但失敗了。

我們也試了許多種方法，像是施展水屬性魔法形成水的時候，比平常使用更多的魔力之類的，然而都不行。

「雖然是個不錯的點子，不過說到底，必須是聖妳自己做出含有魔力的水吧，那就不能用水屬性魔法來做了不是嗎？」

「我想說這一點之後再來想辦法。」

幾番嘗試未果，裘德就這麼跟我說道。而在聽到我的想法後，他感到很傻眼。

裘德說得沒錯，我不會使用水屬性魔法。

因此，儘管我的確沒辦法用水屬性魔法形成水，但這是我最先掌握到的頭緒，覺得嘗試一下也沒關係。

於是，我放棄用水屬性魔法來做魔力水，接著嘗試用附魔的方式來做做看。

畢竟可以拿礦物作為核來進行附魔，或許水也是行得通的。

結果一敗塗地。

內心完全湧現不出進行附魔時，那種覺得自己辦得到的感覺。

我知道這種感覺叫什麼。

叫做無能為力。

「話說回來，對水進行附魔真是有創意耶。」

「是嗎？」

「就我所知，我還沒看過哪個人想做這種事情。」

「不過，有附魔效果的水也不知道能用在哪裡呀。沒有迫切需要的話，就不會有人去嘗試吧。」

雖然嘴上這麼說，但我想起遊戲裡也有聖水這種東西。

沒記錯的話，那好像是用來對付不死系魔物的？

在遊戲設定中，還有撒出去後，魔物就暫時無法靠近的效果。

聖水的作法……是什麼來著？

似乎只要祝福過就可以了？

我覺得自己好像有在哪裡聽過這樣的事情。

那，祝福要怎麼做？

見我拿著裝有蒸餾水的燒瓶喃喃低哼著，裘德一臉擔心地朝我出聲：

「妳怎麼了？」

「嗯……我在思考祝福該怎麼做。」

「什麼祝福？」

「這邊的世界沒有聖水嗎？」

「聖水？唔，沒聽過耶。」

聖水竟然不存在啊。

這樣一來，可能也沒有祝福的方法吧。

為了保險起見，我跟裘德確認了一下，但他果然不知道。

總覺得這件事跟魔法有關，去請教師團長應該比較快。

我無意間看了眼外面，發現不知何時已經日落，天色漸漸暗下。

看來時間在我和裘德做各種實驗當中匆匆流逝了。

明天再去問師團長好了。

我決定結束今天的實驗。

「祝福……嗎？」

隔天上魔法課的時候，我就詢問了師團長。

我單純只是問他知不知道祝福這種聖屬性魔法，但他似乎也沒頭緒的樣子。

我想可能是名稱不一樣，便向他說明之所以會提到聖水的來龍去脈。

談到聖水的部分時，師團長一聽到聖水對不死系的魔物有效果，雙眼頓時綻放出光采，

這應該不是我的錯覺。

之後我們把上課的事拋到一邊，光顧著聊我原本世界裡的遊戲，討論其中的魔法概念。

「祝福給人的印象，就是具有能夠強化身體之類的作用。」

「原來如此，在聖小姐原本的世界，祝福是具有各式各樣的效果的。」

「但魔法本身是不存在的，所以都是幻想而已。」

「儘管如此，這概念還是頗有意思的。我們這邊雖然有強化身體的魔法，不過並沒有特別針對不死系魔物的魔法。」

「您說沒有特別針對的魔法，意思是沒辦法用魔法打倒嗎？」

「並非如此，就只是沒有對付牠們時別具效果的魔法罷了，一般還是會用火屬性魔法等等來對付牠們。」

說到這裡，師團長像是察覺到什麼事情，用手托著下巴沉思起來。

雖然好像沒有祝福這種魔法，但他難道想到其他線索了嗎？

「儘管不是只針對不死系，但確實有對於殲滅魔物別具效果的魔法。」

「有那種魔法嗎？」

「對。不過只是相傳有這種魔法存在而已，詳細情形並不清楚。」

看到師團長斂起平常的笑容，一臉認真地這麼說著，讓我不由得吞了一口口水。

既然只相傳有這種魔法存在，不清楚詳細情形，就代表那不是一般在使用的屬性魔法吧。

說到不是屬性魔法的魔法，我只能想到生活魔法而已，但生活魔法比屬性魔法還要簡單，應該沒有隱匿的必要才對。

這樣一來，會是完全不同系統的魔法嗎？

「那種魔法叫什麼呢？」

「連名稱也沒有，但有留下那種魔法的使用者的相關紀錄。」

「意思是……」

「那是聖女使用的法術。」

果然。

我聽到一半就隱隱察覺到了。

但沒有留下「聖女」所使用的法術的詳細紀錄，不會造成問題嗎？

之後擔任聖女的人該怎麼學會那種魔法啊？

「沒有關於法術的詳細紀錄嗎？」

「對，留下的紀錄幾乎都只提到效果方面，像是能夠以極快的速度殲滅魔物。」

「過去的聖女是怎麼學會那種法術的呢？」

「這一點也不清楚。」

我的老天爺啊。

結果得到的資訊就這麼多而已。在這之後還是如同往常上完魔法課，結束了這一天。

◆

次日早上。

我站在藥草園的一角，一邊給個人田地上的藥草澆水，一邊思索著。

是關於昨天師團長提到的「聖女」的法術。

現在要製造出含有魔力的水似乎有難度，所以我已經是半放棄的狀態了。

雖然放棄得可能有點早，但其實真正需要的並不是含有魔力的水，而是具有我的魔力的藥草。

藥草本身就含有水分，所以如果能從外部讓水變成含有魔力的水，應該也可以改變藥草所含有的水分。

不過，問題就在於從外部給予影響的方法……

根據師團長所說，這裡不存在相當於祝福的魔法，但還是有類似的魔法。

那就是「聖女」的法術，不僅限於對付不死系，而是對殲滅所有魔物都別具效果的魔法。

以前文官也有提過。

他們將這個法術稱之為淨化，而不是祝福。

從字面上來看，可能沒有我想要的效果。

儘管如此，這是在無計可施的現狀當中掌握到的一個線索。

抱著姑且一試的心態嘗試看看也不錯。

問題是不知道那種法術的詳情。

雖然文獻上有效果方面的記載，但都是簡單的敘述，幾乎只有寫殲滅魔物而已。

至於其他文獻，頂多就從魔物與瘴氣的因果關係，提到淨化瘴氣的效果。

連名稱都沒有，換作是其他魔法都會有名稱的。

光憑這些記述，是要怎麼使用那種法術呢？

雖然不曉得是出於什麼樣的目的，導致要把這個法術隱匿到這種地步，但不管怎樣都是個令人頭痛的問題。

那麼，該怎麼辦呢？

我腦中兜轉著魔力的事情，不知怎地就開始對周遭釋放出魔力。

對象範圍只有自己的田地而已。

要是影響到其他人的田地就不好了。

我注視著眼前的藥草。但果然沒有什麼不同。

單純讓藥草沐浴在魔力之下應該是行不通的吧？

再繼續不斷用魔力照射的話，或許會出現什麼效果也說不定。

我抱著這個想法等了一陣子，不過沒有出現任何變化。由於我的魔力似乎快用完了，所以在差不多該收手的時候停止釋放魔力。

「『範圍治癒』。」

我就這樣詠唱起魔法，地面出現魔法陣，混雜著金色亮粉的白霧籠罩住田地。

當白霧消散後，我再次看了看藥草……

不知是不是出於心理作用，藥草看起來好像比剛才還要有精神。

原來「治癒」對植物也有效啊……

然而，這不是我要的效果。

只是變得有精神是沒用的。

實在很不順利啊。

我嘆了一口氣。

我保持著蹲下來觀察藥草的姿勢，等待因為發動魔法而耗盡的魔力恢復。

雖然通常都是喝藥水來恢復HP和MP，但放著不管也會自行恢復。

而且在魔法課進行特訓的魔力操作，據說也會影響到MP的恢復速度。

我一邊等魔力恢復一邊看狀態資訊，便能確切地感受到這一點。

多虧累積下來的訓練經驗，相較於剛開始上課那時候，我的恢復速度已經變快了。

恢復完一定程度的魔力後，我站起身，再次釋放出魔力。

接著，我一個接一個地詠唱起所有在課堂上學到的聖屬性範圍魔法。

說不定其中一個魔法具有我想要的效果。

不過，我的期待很輕易地就落空了。

我不死心地又施展了幾個普通魔法，但也全軍覆沒。

我原本還以為，像是能夠恢復中毒或麻痺等異常狀態的「潔淨」魔法，會有我要的效果。

我灰心地抬頭望天，發現太陽已經升到高度正好的位置。

差不多該進宮去上課了。

於是，澆水時順便做的實驗就到這裡結束，我回到研究所做出門的準備。

◆

上完課後，外頭已是一片黑暗。

研究所因為工作性質的緣故，周遭還有一些人沒離開。但一般而言，這個時間早該下班了。

我也不例外，上完課之後就回來繼續做研究。

話雖如此，目前是處於停滯不前的狀態就是了。

所以我呆呆地望著實驗器具陷入思索，就在這時候，背後傳來一道聲音。

「怎麼啦，還是很不順利嗎？」

「是啊，完全沒頭緒。」

聽到熟悉的聲音，就算我不轉頭去看也知道是誰來了。

我就在盯著實驗器具的情況下聳了聳肩如此答道。所長隨即站到了我旁邊。

「妳早上好像有在藥草園連續發射魔法，也跟這件事有關嗎？」

「被您發現了啊。」

「畢竟一大清早就接二連三地發動個不停啊。」

得知被所長發現後，我忍不住露出苦笑。

的確，如果是感覺和植物有關連的水屬性和土屬性魔法就算了，根本不會有人在藥草園

施展聖屬性魔法，也因此才會特別顯眼吧。

我用眼角餘光偷看所長一眼，發現他也正在苦笑。

「有什麼新斬獲嗎？」

「這個嘛……大概就是發現魔法好像也能對植物產生效果這樣吧。」

「哦。」

聽到我的回答，所長感興趣似的瞇起眼睛。

我不會使用鑑定魔法，所以不確定是否真的有效果。但施展「治癒」後，我覺得藥草看起來有精神多了。

將這件事告訴所長後，他用手托著下巴，稍微想了一下後說道：

「聖屬性魔法也能對植物產生效果的話，其他屬性的魔法可能也有辦法對植物產生影響吧。」

「您剛才是說聖屬性魔法『也』嗎？」

「是啊。」

我有點在意所長的用詞，於是這麼問道。而所長則告訴我關於屬性魔法對植物產生影響的事情。

聽他說，土屬性魔法裡存在著許多能對植物造成影響的魔法，在藥草園也會利用魔法培育比較難栽培的珍貴藥草。

所長具備土屬性魔法的資質，所以被發配到研究所後，他就一直利用土屬性魔法從事這樣的事情。

不過就算在研究所，能夠像這樣利用來培育藥草的魔法，也只有土屬性魔法和水屬性魔法而已。

說到底，具備聖屬性魔法資質的人本來就很少，那些人也大部分都在宮廷魔導師團或騎士團工作。

因為這樣，除了我以外，研究所沒有具備聖屬性魔法資質的人，也就沒有人察覺到聖屬性魔法能夠對植物產生影響了。

聽到這件事後，這次由我將師團長告訴我的事情說給所長聽。

像是藥草具有魔力，還有讓藥草擁有我的魔力的話，或許就可以做出效力更強的藥水，而我正在摸索相關方法等等。

所長邊應聲邊聽著，聽完全部後說道：

「所以妳才會從早上就在施展魔法嗎？」

「是的，雖然沒有得到期待的效果就是了。」

「這樣啊。」

「還沒有嘗試過的，應該就只有『聖女』的法術了吧？」

「『聖女』？」

「對，這是我和師團長討論的時候得知的……」

從我口中說出「聖女」這個字眼的時候，所長露出了詫異的表情。

這也是當然的。

畢竟我一直以來都在極力逃避面對「聖女」的事情。

於是，我便告訴他整件事情從讓植物保持魔力的方法連接到聖水，再連接到「聖女」法術的經過。

「原來如此。不過『聖女』的法術啊……」

「您知道什麼嗎？」

「不，雖然我也知道『聖女』的事情，但就只是大街小巷的傳聞那種程度而已。」

「這樣啊。」

「如果連『那位』德勒韋思師團長都不曉得的話，大概王宮就沒有人知道了吧。」

儘管我沒抱著期待，但所長也不清楚的話，我就真的不知道該怎麼辦了。

當我正覺得事情的發展不如人意的時候，所長無意中吐出的一句話引起了我的注意。

「說不定是因為沒有寫成文章的必要。」

「咦？什麼意思？」

「我們使用的魔法都具有共通點，像是名稱和效果等等，無論誰來使用都不會有變化，對吧？」

「對啊。」

「所以，知道這件事的人就可以撰寫成魔法教科書，讓任何人都能學習使用。但是，『聖女』的法術可能並非如此。」

「簡單來說，就是沒有名稱，或是不同的使用者會出現不同的效果之類的嗎？」

「對，發動法術的方法搞不好也不一樣。沒有共通點的話，就算寫成文章也沒什麼幫助吧。」

「這樣啊。」

會是如此嗎？

即使沒有共通點，也總該留下一些紀錄吧。

還是有其他原因呢？

不過想這個也沒用。

現在就專心思考「聖女」的法術吧。

就像所長說的，可能沒有名稱。

雖然大家都稱之為「聖女」的法術，但和其他魔法不同，那不像是為了詠唱而起的名稱。

那麼效果方面呢？

從留在文獻裡的內容來看，殲滅魔物的這種效果是相同的吧。

會有其他效果嗎？

如果沒有的話，我真的會覺得很傷腦筋。

畢竟要是這樣，就沒辦法給予植物魔力了。

可是，既然沒有留下紀錄的話，很有可能就是不存在殲滅魔物以外的效果。

另外，我現在最想知道的是發動法術的方法。

只要知道方法，我就能繼續做各種嘗試。

然而，關於發動條件完全沒有相關記述。

也不可能詠唱「『聖女』的法術」就會發動吧……

「不知道『聖女』的法術是怎麼發動的。」

「我也不知道，與其問我，不如去問師團長不是比較好嗎？」

「嗯……我之前才剛問了他很多事情。」

所長說得沒錯。

不過，我上次已經抓著師團長問東問西問一大堆了。
老是問和課堂無關的事情也不太好意思。
雖說因為是關於魔法的事情，所以師團長很樂意一起幫忙想辦法就是了。
我自己再稍微思考看看，如果還是沒有頭緒的話，就去請教他吧。
我告訴所長我要休息一下，便離開研究所了。
一直窩在屋子裡，也是導致思緒在原地兜圈的原因之一吧。
呼吸一下外頭的新鮮空氣，說不定就能冒出什麼好主意。
我是這麼想的。

我拿著提燈走到外面後，一陣微風便輕輕拂來。
儘管白天還有一點熱，不過夜晚吹拂的風已經帶上了不少涼意。
我坐在研究所旁邊的長椅上，偶然抬頭望向天空，可以看見月亮和星星。
並沒有像以前閱讀的小說那樣，因為是異世界就出現了兩個月亮，或是顏色有所不同之類的。
真要說哪裡不同的話，就是亮度比日本低，可能也因此才能看見許多星星。
我來到這裡之後，第一次看到這麼多星星時相當感動呢。

記得那好像是被召喚過來後，大概一個月左右的事情吧。

在那之前大概不可能有仰望天空的興致。

當時經歷種種事情，好像安頓下來了，又好像沒有安頓下來。

不過這也是當然的。

畢竟我是突然被召喚到異世界。

而且雖然是被召喚來的，卻馬上遭到棄置不管。

最後還聽文官說，我沒辦法再回到日本了。

現在回想起來，真的是有點不爽。

一開始發生的鬧劇，讓我決定要打好生活基礎，以便能夠在這個世界過上一般的生活。

看王子的那副態度，也不知道他何時會把我趕出王宮。

我自己也不想留在這裡就是了。

結果在因緣際會下開始在藥用植物研究所工作，就這樣留了下來。

對了。

就是在稍微安頓下來之後，從房間裡抬頭看了看夜空。

從那之後過了幾個月。

最近也漸漸很少想起日本的事情了。

起初對於沒辦法再見到父母手足以及朋友感到很難過。

現在想到這件事還是有點心痛。

不過，可能是因為我本來就是個很快就能振作起來的人，抑或是異世界特有的新奇事物令我深深著迷……

感受到的痛楚似乎慢慢地減輕了。

才過幾個月而已，我這樣是不是滿薄情的？

要是被召喚過來後一直過得很悲慘的話，說不定心境就又不一樣了。

實際上並沒有這樣。

撇開王子不談的話，其他人幾乎都對我很好。

裘德、所長和研究員們當然不用說，後來認識的團長和第三騎士團的大家也是如此。

在身邊都是親切人們的情況下，我完全把研究所（這裡）當作自己的歸屬了。

可能是因為這樣吧。

所以我開始面對原本極力逃避的「聖女」相關事情。

我一直以來都是當作沒這回事的。

可是，看到認識的人在煩惱，心中就會感到很在意啊。

而且不是只有聽說而已，我也親眼目睹過。

研究內容之所以選擇提升藥水的效能，就是出於這樣的原因。
自己力所能及的事情可以幫到別人，讓我很開心。
我突然想到之前在第三騎士團的團長辦公室裡，團長向我道謝的事情。
是因為我在回想剛來到這裡的事情嗎？
雖然我並不是想聽到別人向我道謝才這麼做的，但聽到還是會很高興。
當我腦中轉著這些思緒的時候，胸部周圍就湧起一股暖洋洋的感覺。
…………
…………
……
奇怪？
我用手輕輕壓住胸部的中心，也就是心臟上方的位置。
雖說是心頭變暖，但那單純是形容感受的方式，實際上不會真的變暖才對。
但是，總覺得真的很溫暖。
到底發生什麼事了？
在我疑惑之間，也依然感覺到心頭的暖意不斷湧出，最後似乎終於要從我的身體裡漫出來了。

是怎樣？

猝不及防的狀況讓我驚慌失措，而這時，某種湧現的東西真的從我身上漫出去，我可以用眼睛辨識了。

和施展範圍魔法的時候一樣，一陣煙霧以我為中心擴散出去。

由於基底類似白色粒子，我想應該是我的魔力。但金色亮粉的密度比以往還要高，與其說擴散出去的是白色煙霧，不如說是金色煙霧還比較正確。

怎麼回事？

煙霧逐漸擴散開來，如果是一般魔法的話，差不多可以發動了。

但是，看到煙霧的顏色和平常不同，我就覺得應該不對。

我無意間看向眼前的藥草田。

煙霧已經蔓延到田地那邊了。

這時候，我只冒出了一個想法。

或許現在的話……

其實我也不是基督徒，但不由得就雙手交握，做出祈禱的動作。

我不知道自己為什麼會擺出這個姿勢。

就是一種感覺啦。

然後我開始祈禱。

希望一切順利。

金色煙霧變得更加燦爛，明明周遭已經沉入夜色，卻映得一片通明。

在一瞬間發出更為強烈的光輝後，光芒四散，從空中落下了閃閃發光的金色粒子。

如夢似幻的景象，讓我不禁驚嘆了一聲。

我垂下原本抬起的視線，看到剛才被煙霧籠罩的部分藥草周圍都覆蓋著金色粒子。

不過，那樣的光輝立刻就消失了。

「怎麼了？」

大概是察覺到異狀了，只見所長慌張地從研究所衝出來。

畢竟發出那麼強的光亮，一定會發現的。

「呃……」

見我露出模稜兩可的笑容，傷腦筋地笑了笑後，所長就攏起了眉頭。

這下該怎麼解釋呢？

我也還來不及搞懂這是怎麼一回事，神祕現象就發生了，所以不知該如何解釋。

當我正在煩惱時，所長的目光移到我腳邊的藥草。

他帶著詫異的表情蹲下來，仔細端詳著藥草。

然後他慢慢摘下一株藥草，開始進行觀察。

接著，他看了一下生長在周圍的藥草，這次摘下之前沒有被煙霧籠罩的藥草。

他拿著兩株藥草比較完之後，抬頭看我。

「妳做了什麼？」

「其實我也是一頭霧水……」

由於周遭很暗，所以我看不出所長手中的兩株藥草有哪裡不同。

但從所長的態度來判斷，似乎是有什麼異樣之處。

我完全搞不懂就是了。

總而言之，我一五一十地說出剛才發生的事情後，他就傻眼似的嘆了口氣。

「算了，先進去裡面吧。」

所長用一副筋疲力盡的模樣這麼說道，然後就往研究所走去了。

對不起，我總是想到什麼就做什麼。

我一邊在內心道歉，一邊跟著所長回到研究所。

「有什麼變化嗎？」

「外觀是幾乎沒有變化啦……」

所長好像也不敢肯定，所以用有點含糊的方式解釋給我聽。
擺在研究所桌子上的藥草，乍看之下是同一種藥草。
但仔細觀察的話，還是有差。
差在裡面。
裡面是指什麼？
植物具有的魔力嗎？
雖然我不清楚，但等一下再問所長吧。
我現在比較好奇眼前這株似乎發生變質的藥草。
「所以說……」
「妳用這兩株藥草做藥水看看吧。」
經所長這麼說後，我就分別用這兩株藥草來製作藥水。
在戰戰兢兢的製作過程中，到注入魔力的階段後，我感覺到兩者的不同。
儘管是一種感覺，但相當確切真實。
藥水完成後，兩者的差別也清楚呈現在外觀上了。
「真漂亮……」
「是啊。」

把裝在瓶子裡的藥水舉起來用提燈一照之下，立刻就看出來了。

金色粒子漂浮在藥水中，閃閃發亮地反射著光芒。

目前為止製作的藥水裡面，從來不從出現過這種粒子。

「這種藥水的效能……」

「沒經過調查也不能妄下定論，但感覺比之前的藥水還要厲害啊。」

所長用傻眼的笑容如此答道。

不要露出那種表情啦。

事情都已經發生了，我也沒辦法呀。

日後一經調查，如同猜測，這次做出來的藥水效能比我之前做的還要強。

正好增強了五成再多五成。

在這種地方也出現魔咒了啊……

而且調查完的結果，發現只要使用經由神祕魔法強化過的藥草，就算是由其他人來製作，也能做出之前那種增強五成效力的藥水。

不過，後來也得知強化過的藥草僅限一代而已，用其種子播種也只能種出原本的藥草，不會是強化過的藥草。

看來，若要製造強化過的藥草，必須由我親自去做才行。

雖然大家都可以做出高效的藥水是一件可喜可賀的事情，但以結果而言，沒有我的話就做不了材料，所以有一點遺憾。

能不能再次發動那個神祕魔法也是另一個問題。

我嘗試了很多次，目前還無法重現那個魔法。

畢竟當時也是莫名其妙就發動了，所以我不太清楚發動條件是什麼。

我還一邊回想發動魔法時的事情一邊試來試去。

這部分大概也必須一步步慢慢調查才行了。

不過，師團長得知這件事後，欣然表示願意協助調查。我想在不會太遠的將來，應該就能重現那個魔法了吧。

第五幕　討伐

自從被召喚來這裡之後，已經過了九個月。

這幾天上完課後，我又久違地待在研究室裡努力製作藥水了。

而且還會做到很晚。

這是因為除了老客戶第三騎士團之外，也接到第二騎士團的藥水訂單了。

儘管單純來想，製作的數量比平常多出一倍，不過這完全不成問題。

我會統一一起製作，只要有材料的話，這點數量沒什麼大不了的。

我一天本來就能比專門製作藥水的人做出更多的藥水。

雖然有想過可能是因為基礎等級高、ＭＰ較多的緣故，但能製作的數量多到光憑這兩點是無法解釋的。

恐怕原因在於狀態資訊上顯示的職業，不過我到現在都沒有說出這一點。

我打算悄悄地藏在內心深處，直到有人察覺到這一點為止。

除此之外，操作魔力的訓練到現在終於派上用場了。

製作藥水所需的時間縮短了。

我是有聽說徹底把操作魔力練熟後，就能縮短發動魔法所需要的時間，但不知道在製作藥水上也能產生作用。

該不會在一切跟魔力有關的事情上都能產生作用吧？

我對於操作魔力的影響範圍，以及重視這一點的師團長感到很佩服。

當我正在賣力地製作藥水的時候，所長就來了。

已經將近夜深時刻了。

難得所長會在研究所裡留到這麼晚。

發生什麼事了嗎？

「妳真的很努力啊。」

「謝謝誇獎，這次的數量比較多。」

「因為第二騎士團也有下訂單嗎？」

「是啊，不知道下次開始會不會每次都來下訂單。」

「有可能哦，他們上次去西邊森林討伐魔物的時候，對我們的藥水效能感到很驚訝。」

「是這樣啊？」

「嗯，正確來說，是妳做的藥水。」

畢竟有增強五成的魔咒在嘛。

我在內心偷偷說道。

話說回來，連第二騎士團都來下訂單了啊。

研究所的收入也逐漸增加了。

之後要不要請所長追加實驗用的材料呢？

我正好有想要的藥草。

那種藥草還滿貴的，我一直忍著沒買。而現在的話，感覺撥得出預算。

不過，這件事先擱一邊。

雖然所長是從無關痛癢的話題聊起，但應該另有正事要說吧。

所長看起來有點緊張，於是我不由這麼想道。

至於是什麼正事，我大致猜得到。

八成是那件事。

「今天王宮派來使者，說希望能以治療人員的身分參加下次的討伐。」

「所長嗎？」

「說什麼鬼話，當然是妳。」

果然啊。

和我猜的一模一樣。

而且實在太不意外了，於是我忍不住開了個玩笑。

「這樣啊，我明白了。」

「……妳答應得真乾脆啊。」

「畢竟之前就有提過這件事了嘛。」

「我以為妳會表現得更不情願一點。」

面對苦笑的所長，我也以苦笑回應他。

我知道總有一天會接到支援討伐的要求。

畢竟不只所長，師團長也在提這件事。

幾天前師團長也說：「好像差不多可以去西邊森林囉。」

問我對於參加討伐會不會感到不情願，我也不知道該怎麼回答。

既然稱作討伐，想必一定會碰上魔物吧。

由於至今去森林還不曾遇過魔物，所以我不清楚魔物究竟長什麼模樣。

不過，看到騎士們掃蕩西邊森林回來後的慘狀，我能肯定絕對會有生命危險。

現在要去的，就是那樣的地方。

我不可能不感到害怕。

但是，這次要一起去的應該是第三騎士團的騎士們。
上次去東邊和南邊森林的時候，他們一直都在保護我們。
雖然我沒有遭到魔物襲擊，但其他研究員好像有遇到。
我後來聽說，儘管當時研究員們也有幫忙，不過為了避免他們受到傷害，騎士們都應付得很好。
騎士們這次大概也會如此吧。
平常和他們相處起來，也覺得他們人真的都很好。
我只會使用聖屬性魔法，可以說是非戰鬥人員，他們應該不會立刻就讓我直接面對魔物。
因此，雖然我覺得魔物很可怕，卻也不至於太過悲觀。
而且我也不討厭支援那些騎士。
倒不如說很樂意。
再說師團長還非常期待去西邊森林。
他想看看森林中的瘴氣和我的魔力會產生什麼樣的作用。
在提到應該可以去西邊森林的時候，他就雙眼亮晶晶地這麼告訴我了。
該怎麼說呢，師團長真的是始終如一啊。

感到期待的不是只有師團長而已。

暫且不提討伐魔物，我也有一點期待去西邊森林。

感到期待的原因在於藥草。

森林裡生長著藥草園沒有的藥草。

之前去過的東邊和南邊森林裡也生長著五花八門的藥草。

每座森林的植被似乎有微妙的差異，在東邊森林沒看過的藥草可以在南邊森林看到。

所以，我很期待能在西邊森林看到東邊和南邊森林沒有的藥草。

話雖如此，相較於其他森林的魔物，據說西邊森林的魔物比較凶猛，我不確定在討伐的過程中有沒有餘力去注意藥草。

參加的研究員也只有我而已，對藥草很了解的研究員們負責留守。

畢竟上次是破例讓研究所的人們一起參加討伐。

所以就算有新奇的藥草，我注意到的機率也很低。

常見藥草應該能注意到就是了……

在參加討伐前，先預習生長在西邊森林的藥草吧。

「看來別說不情願了，妳反而還很期待的樣子嘛。」

「咦？有嗎？」

想到藥草的事情後，我的心情似乎表現在臉上了。

所長的表情從苦笑轉變為感到傻眼的笑容。

「反正妳一定在想，說不定能發現新的藥草吧？」

「啊，被發現了嗎？」

「對藥草有熱忱是很好，不過記得準備給自己用的藥水啊。」

「給自己用的嗎？」

「ＭＰ藥水之類的會需要用到吧？」

「經您這麼一說，是這樣沒錯。」

在所長提醒之前，我完全沒想到這一點，要參加討伐的話，確實也必須準備給自己用的藥水。

姑且不談ＨＰ藥水，ＭＰ藥水是必備的。

就算ＨＰ和ＭＰ都會自行恢復，但恢復的速度不及喝藥水。

討伐當中也可能會出現緊急狀況，到時哪可能慢慢等待恢復。

好，今天已經達成目標了，就來做一些給自己用的藥水吧。

雖然夜深了，但跟在日本工作的時候比起來，現在下班還嫌早呢。

於是所長回去後，我還是繼續努力地製作藥水。

◆

時序邁入秋天，日出時刻也晚了相當多。

沒有鬧鐘的情況下還能在這種時間醒來，我想自己也相當適應這個世界了。

不過原因不止如此。

其實我總覺得有點緊張，沒有睡得很好。

簡直跟遠足前一晚的小朋友一樣。

和小朋友不同的是，我不是只有期待而已，還混雜了不安的心情。

今天是出發去西邊森林討伐魔物的日子。

我從床上起身，先去刷牙。

一邊刷牙，一邊回想今天的預定行程。

在這麼做的時候，剛睡醒的腦袋就漸漸清醒過來了。

洗臉後用美容用品保養皮膚是我每天的例行公事，但討伐中應該無法做這種悠哉的事。

我姑且還是把美容用品裝在小一點的瓶子裡，然後放進行李。

做完這些後，接著是換衣服。

從今天開始，暫時沒辦法穿平常的衣服了。
我和宮廷魔導師團的人們一樣穿長袍參加討伐。
長袍和禮服不同，一個人也有辦法穿。
或許是出於戰鬥用途，設計得很方便行動，不會覺得很憋。
這也是理所當然的事情。
我是前幾天拿到長袍的，看到不是穿去謁見的那種華麗長袍就鬆了口氣。
那麼漂亮的服飾在森林中很顯眼，而且我也怕弄髒，穿去參加討伐會很不方便。
我也沒忘要整理頭髮。
雖然平常都是把頭髮放下來，但今天為了不讓頭髮造成妨礙，我就把側邊的頭髮攏到後面，再用髮夾固定住。
整裝完畢後，我拿起準備好的行李走到樓下。
雖然這時間來上班算是相當早，不過我感覺有人在。
應該是為了把藥水送到第三騎士團而提早上班的人們吧。
研究所的門口瀰漫著有點匆忙的氣氛。
騎士團委託的藥水已經在昨天之前全數交貨完畢了。
但由於這次我也要參加，所以決定追加一些藥水帶過去。

這件事當然有傳達給第三騎士團知道。
畢竟要是突然拿過去的話，可能會因為超載而沒辦法放上貨車。
而且運送藥水的貨車也要順道把我載過去。
「早啊，聖。」
「早安，裘德也被派來了哦？」
「唔……嗯，算是吧。」
我走到研究所門口後，發現裘德也在。
他是被派來把藥水載去騎士團的嗎？
我從來沒看過裘德這麼早起，他今天起床應該很辛苦吧？
騎士團訂購的藥水通常都是交給雜務人員運送。
偶爾哪個研究員心血來潮也會自己載過去。
以前我常常會在休息的同時順道載去騎士團。但最近也因為要上課，都是其他人幫忙載過去的。
今天一大早就要送貨，所以我一直以為會是雜務人員來運送。
然而裘德人在這裡，代表是他要送貨吧？
「該不會是裘德你要送貨吧？」

「是啊。」

「你起床應該很辛苦吧，一大早的，我還以為會交給雜務人員載過去。」

「就……突然有點想來吧？」

我把心裡想的事情告訴他後，得到一個微妙的回答。

我略為在意地偏過頭，但他不給我明確的理由。

好吧，算了。

我不再追問下去，跑去幫忙把藥水搬上車。

全部搬完後，就要出發了。

「聖。」

「所長？」

我正要坐上貨車出發的時候，就被所長叫住了。

繼裘德之後，連所長也難得在這時候出現了。

「您怎麼來了？」

「什麼怎麼來了，妳啊……我可是來送行的。」

「咦？」

送行……就為了這點事情一大早來上班嗎？

我感到驚訝後，所長就朝我露出非常傻眼的表情。

而且不止所長，連裘德也是。

咦？怎樣？是我不好嗎？

「不過算了。參加討伐想必很辛苦，妳路上小心。」

「謝謝您的叮嚀。」

「感覺到危險就快逃，知道嗎？」

「是、是的。」

看到所長用一反常態的嚴肅表情這麼說，我便反射性地點頭。

他還摸了摸我的頭。

到底怎麼了？

雖然我心中覺得奇怪，但時間緊迫，我便沒再多問什麼，直接坐上貨車。

「那麼，我出發了。」

打了一句招呼後，我就坐著貨車離開了研究所。

貨車出發後，我立刻回頭揮了揮手，也看到所長和雜務人員揮了回來。

「我總覺得太小題大作了。」

過了一會兒，我說出剛才冒出的疑問後，坐在隔壁的裘德就面露苦笑。

說起來，裘德之前也是一副感到傻眼的模樣。

「這是當然的吧。」

「咦？」

「畢竟這可是討伐耶，我在學園念書的時候也有去過，當時是去東邊森林，但這次妳要去的是西邊吧？那裡是真的很危險。」

我是有聽說西邊比東邊和南邊森林還要危險，但有那麼誇張嗎？

仔細一想，那裡有沙羅曼達出沒，還曾經出現大量魔物，確實如裘德所說是個很危險的地方。

可能是因為我之前去過的森林都沒有遇到魔物，所以沒什麼實際的感覺，也可能是我的腦袋拒絕思考這件事。

如果是那麼危險的地方的話，我也能理解所長的態度了。

「妳真的要當心一點啊。」

「嗯。」

「我是說真的哦，妳可別因為發現藥草就自己隨便亂跑。」

「我知道啦。」

連裘德都一臉擔心地這麼說道。

莫可奈何的是有前車之鑑，我只能地接受他的忠告。
我繃緊神經，提醒自己就算發現新藥草也不能擅自行動。

過沒多久，抵達騎士團的隊舍後，我更加繃緊了神經。
因為騎士們在匆匆地進行最後的準備，醞釀出一股緊張的氣氛。
那種緊張感也感染到我了。
我和裘德一起跳下貨車。
裘德去找騎士團的雜務人員說話後，雜務人員便陸陸續續地搬下貨物，再搬到騎士團的載貨馬車上堆疊起來。
當我在看他們搬東西的時候，裘德就回來了。
我抬頭看他，發現他的表情和剛才的所長一樣很嚴肅。
裘德也在擔心我啊。我正這麼想，他就輕輕執起我的左手，握緊指尖的部分。
「妳要平安回來哦。」
「謝謝你。」
可能是來這裡的一路上已經聽他說了很多，送別的話語較為簡短。
我向他道謝。而裘德的視線往地面看了一下後，揚起一如往常的微笑，便回去研究所

了。

目送他離開後，我也折返回去。

我在找某個特定人物。

四處晃一會兒後，對方似乎先發現我了，我看到他朝我走了過來。

「聖。」

「早安。」

「早。」

我向走到我面前的團長打招呼。

和文官開行前會議的時候，他就告訴我這次是跟第三騎士團一起前往西邊森林。

由於這陣子都在請他們陪我練習魔法，所以第三騎士團有很多我認識的騎士，讓我覺得很放心。

畢竟一直被包圍在不認識的人群裡也很累人。

考慮到之後的事情，我不希望在路途上把自己搞得太疲憊。

後來聽騎士們說，當初在決定要第二騎士團還是第三騎士團和我一起行動的時候，發生過一點爭執。

看到第二騎士團對我露出謎一般的痴迷模樣，我就覺得不意外。

老實說，受到那種痴迷的態度對待真的非常不舒服，最後決定是第三騎士團讓我鬆了一口氣。

聽說是師團長幫忙推了一把。

眼鏡菁英大人似乎是團長的哥哥，不知是否與此有關聯？

做得好啊，師團長。

「聖是坐馬車到西邊森林嗎？」

「我是這麼聽說的。」

「這樣啊……」

文官跟我說，從王宮到西邊森林有一點距離，要我坐馬車過去。

騎士們幾乎都是騎馬，從第三騎士團坐馬車過去的好像只有我而已。

雖然一直獨自待在馬車裡可能會很無聊，不過在路上睡覺就沒關係了吧。

但是，團長不知為何沉下了臉。

他是在介意我一個人待在馬車裡嗎？

這個疑問在走到馬車附近後得到了解答。

「聖小姐，早安。」

「咦？師團長？」

師團長站在似乎是預定給我搭乘的馬車旁邊。

根據我聽到的事前規畫，宮廷魔導師團應該是從他們的隊舍出發才對呀……

「早安，您怎麼會來這裡呢？」

「我想和妳一起過去。」

「一起……難道是一起坐馬車嗎？」

「是的。」

師團長微笑頷首。

和我身旁板著一張臉的團長成明顯對比。

「這趟路程得花不少時間，我打算在搭車途中和妳談談魔法的事情。」

「要上課的意思嗎？」

「對，我聽說妳要自己坐馬車，怕妳覺得無聊。」

「是這樣沒錯……」

原本我想說睡覺好了，但他願意上魔法課的話也很令人感激。

參加討伐期間，所有課程都必須請假，所以我有點擔心自己會在討伐的過程中忘記學過的內容。

「謝謝您。」

「不用謝。那麼，應該到出發的時間了吧？」

「是啊。」

我向師團長道謝後，他的笑意就更深了。

聽到他這麼說，我環視周遭，好像差不多都準備好了，很多人都各自騎在馬上等待著。

在團長和師團長的示意之下，我走到馬車的車門前。

大概是因為上車順序是女士優先，所以我是第一個。

由於車門的位置比較高，當我打算抓住車門的邊框上車時，旁邊就輕輕伸來了一隻手。

我看向這隻手的主人——是團長。

雖然總覺得有點難為情，不過我還是一邊向他道謝，一邊將自己的手放在他的手上。

我也習慣這種護送的行為了啊。

這也是禮儀課的功勞嗎？

我有點逃避現實地鑽上馬車，發現裡面比想像中還要寬敞。

座位上擺有坐墊和毛毯，看得出來準備的人有花心思想讓我這一路過得舒服點。

真的很感激。

我往裡頭坐下後，師團長也接著鑽上馬車。

他在我旁邊坐下，不過車內比之前去王都的時候還要寬敞，所以我沒有太過在意。

嗯，和帥哥的親密旅遊我真的敬謝不敏。

馬車的門關上後，過一會兒就出發了。

聽說到西邊森林要花上一天左右。

我決定聽師團長上魔法課的時候，也順道請教一下關於西邊森林的事情。

◆

經過約莫一天的路程後，我們抵達西邊森林了。

雖然我聽說是一天左右，但由於途中會穿插休息時間，所以實際上花了一天半左右。

我想，可能是因為有我的緣故。

之前去王都的時候還沒什麼感覺，其實坐馬車旅行會對身體造成一定程度的負擔。

要不是師團長在路上建議我使用「治癒」，應該要花更久的時間才能抵達吧。

儘管肉體上很勞累，但精神上則與之相反。

啊不對，肉體的勞累當然還是有影響到精神的時候。

但我開始使用「治癒」之後，就不再是問題了。

我想師團長的存在相當重要。

路上的魔法課內容和討伐有關。

與其說是魔法課，不如說是戰鬥課可能還比較貼切。

他教我的，大部分都是我在團體戰裡的職責所在以及應對進退等等。

我生長在和平的日本，對戰鬥完全沒有經驗，所以這些內容對我非常有幫助。

這樣的課程在上了幾小時後就結束了。

因為我在第二次休息的時候，無意中對師團長提了某件事。

是關於強化過的藥草。

能生產出這種藥草都要多虧師團長的建議，我就向他報告這件事順便道謝。

如此一來，當然會談到是如何生產出那種藥草的。

必定會提及那個神祕魔法……

我不經意地說出「發動了一種我也不太清楚的魔法」這句話後，師團長的眼神頓時就變了。

我心中暗叫不妙的時候已經太遲了。

要不是團長這段休息時間也在場並出言制止的話，可能暫時就沒辦法繼續前進了。

團長說：「在這裡談不太妥，上了馬車再談。」真的是幫了大忙。

從這裡開始的一路上都在談論那個神祕魔法。

與其說是談論，不如說是給他盤問應該比較恰當。
師團長似乎也不知道那種魔法，所以他追根究柢問了一大堆問題。
他還希望我實際施展給他看看，但我告訴他自從那次之後就沒成功過了，他就露出顯而易見的沮喪神情。
嗯，真的是始終如一啊。
為了製造強化過的藥草，我也正在練習重現那種魔法，所以我就告訴他，等我能夠重現那種魔法就施展給他看，請他別再沮喪了。
就在說著這些事情的時候，我們抵達了第一個駐紮地。
到這裡才和第二騎士團和宮廷魔導師團的人們會合。
全員集合後的場面相當浩大，但聽說上次的討伐行動也出動了差不多的人數。
我知道西邊森林的魔物比較強悍，不過這樣的人數遠比之前去南邊森林的時候還要多。
表示西邊森林就是如此棘手吧。
或許也有一些是專門準備駐紮地的人員。
畢竟南邊森林是一天來回。
可能是因為人數龐大，除了騎士們外，還有負責打理他們身邊大小事的人們隨行。
多虧如此，我什麼都不用做，很悠閒地在馬車上等到一切準備就緒。

啊，我有幫忙準備餐點哦。

是第三騎士團的人們拜託我的。

許多第三騎士團的人都很愛研究所餐廳的菜色，所以這也是沒辦法的事。

餐點美味的話，我自己也會很高興，於是二話不說地答應了。

在做餐點的時候，令人很感激的是，物資裡有可以拿來入菜的藥草。

大概是裘德或所長放的吧？

不管怎樣，我就心懷感恩地拿來入菜了。

吃了我做的餐點會明顯出現提升身體能力等等的效果，不過吃完晚餐後就要睡覺了，應該沒關係吧。

我帶著這個想法肆無忌憚地做了晚餐，並且廣受第三騎士團的騎士們好評。

雖然所長禁止我在公開場合做菜，但第三騎士團的騎士們老早就嚐過了，所以我想應該不要緊吧。

接著隔天，我們再次動身前往西邊森林。

在剛過中午不久的時候抵達了。

由於還沒吃午餐，大家就決定先休息一下吃個東西。

不知道是不是聽說了前一天用餐的事情，這次連第二騎士團和宮廷魔導師團的人們都來拜託我做飯了。

我不可能憑一己之力做出所有人的餐點，所以就請其他人來做，我只負責指導。

接下來就要開始討伐魔物了，其實應該是要由我來做飯才對。

但畢竟所長下了禁令，給別人做還是比較好。

我有試過味道，所以繼昨天之後，也獲得了第二騎士團和宮廷魔導師團的好評。

吃完午餐後，大家決定趁天色還亮的時候，進去西邊森林探探情況。

但我負責留守。

聽說要先派騎士們去進行偵查。

我只是一個外行人而已，便乖乖地聽從指示。

不過，因為還有時間，我就請他們同意讓我去搜尋生長在森林外圍的藥草。

難得來這裡一趟，要是沒有得到任何跟研究有關的收穫的話，會令人覺得很落寞。

負責護送我的是團長，真的很不好意思麻煩他。

師團長哦？

他歡欣雀躍地跟著偵查人員一起走了。

說是做個暖身操之類的。

就這樣，在離開王宮後的第三天，終於能夠進入西邊森林了。
西邊森林在一片鬱鬱蒼蒼的茂林包覆之下，白天時依舊光線昏暗。
東邊和南邊森林可能是因為有學園的學生出入的緣故，修整得還滿整齊的。
我去那兩座森林的時候甚至覺得相當明亮，所以更加覺得西邊森林很陰暗了。
大家在這座森林中分成幾個小組來行動。
我被分配到的小組除了第三騎士團的騎士們之外，還有團長和師團長。
被分配到我這組的宮廷魔導師人數是其他小組的一半。
原因在於師團長。
本來不該是師團長加入我這組，而是其他魔導師才對，但師團長行使了他的強權。
他說不能讓我有個什麼萬一。
不是吧，我這組已經有團長了，連師團長都加入的話感覺戰力就過剩了，但師團長堅決不肯退讓。
我想，師團長其實是為了研究才想跟我一組的。
絕對是這樣。
讓我驚訝的反而是團長。
團長也拒絕移動到別組。

按照平常的話，感覺他會在冷靜的判斷下主動移動到別組。
結果在稍微改變一下編制後，就變成現在這樣的陣容了。
嗯，真的是戰力過剩了。
來到這裡後，我終於看到魔物了，但還來不及覺得害怕，師團長就三兩下解決了魔物。
而且還一邊哼著歌。
見狀，團長也露出苦笑了。
然後一邊苦笑一邊斬殺從旁邊衝出來的魔物，這樣的團長也滿誇張的。
雖然師團長雙眼發光地表示很久沒參加討伐了，但看起來不像隔了一段空窗期。
不知是否因為現在是在討伐當中，他不僅接二連三地詠唱魔法，而且發動出來的威力似乎比以往在演習場施展給我看的還要強。
我是有聽說他很厲害，但不知道有厲害到這個地步。
各部隊的最高長官是不是都要這麼厲害才足以擔當呢？
這就表示團長的實力也差不多這麼強嗎？
我身邊有兩個這樣的人物。
果然只有我這組的戰力特別突出啊。
「哇啊！」

「沒事吧？」

「謝、謝謝您。」

我走路的時候都很注意腳邊，但還是被從地面隆起的樹根絆到腳了。

如果走在我旁邊的團長沒有立刻抓住我的手臂扶住我，我大概已經跌倒了吧。

除了光線昏暗導致看不清腳下之外，再加上滿地落葉，很容易就會腳一滑跌倒。

這條路沒有什麼矮小的樹叢，應該還是有事先修整過，但不太好走。

話雖如此也不能老盯著腳下走路，這就是辛苦之處。

我站好身體，看了眼師團長，發現他用手托著下巴，正在思索著什麼事情。

怎麼了嗎？

「師團長，有什麼問題嗎？」

「哦，沒有，就是覺得魔物比以前還要少。」

魔物變少了？

我是初次來這裡，所以沒什麼實感，但看團長也點了點頭，應該是真的有減少吧。

「會是上次討伐所影響的嗎？」

「也是有這個可能，但減少的數量還要更多。」

我問了團長之後，他說減少的數量比討伐所影響的要多得多。

團長和師團長都若有所思地陷入沉思。
大概是獨自思索也想不出個所以然，所以師團長就邊走邊向團長問了許多問題。
「我以前來這裡的時候，魔物似乎還要更多一點。」
「是啊，和上次討伐的時候比起來也顯得較少。」
「說起來，幾乎沒看到比較弱的魔物吧，目前為止打倒的魔物好像都是這裡的中堅階級。」
「經你這麼一說，確實是如此。」
說到這裡，師團長就目不轉睛地盯著我看。
團長察覺到師團長的視線後，也往我看了過來。
咦？幹嘛？
我不知所措了起來。
就在這時候，師團長用了然於心的表情點了點頭。
「繼續前進吧。」
「說得也是。」
請你們兩位不要自己想通了什麼就打算往前進好嗎？
原本我正要請他們說明，但不巧的是遭遇魔物了，沒能問出口。

走了一陣子後，遭遇魔物的間隔愈來愈短了。
當我想說走到了相當深的位置時，走在前頭的人們就停住了腳步。
我正感到奇怪，身旁的團長便告訴我原因。
「這一帶會出現強悍的魔物，平常都會在這附近花時間重整態勢。」
「原來是這樣啊。」
會使用聖屬性魔法的同行魔導師開始詠唱提升攻擊力和防禦力的魔法。
我也必須幫忙才行。
我走到剛剛好的位置，準備詠唱範圍魔法。
向周遭釋放出魔力後，我詠唱起「範圍防護」。
「範圍防護」是針對物理攻擊和魔法攻擊提高防禦力的範圍魔法。
對單一對象施展的話，就是「防護」。
像這一類提升防禦力的魔法，一般在使用的有兩種，一種是提升物理防禦力的「物理防護」，另一種是提升魔法防禦力的「魔法防護」。
不過，師團長教我的是一次提升兩邊的「防護」。
他說這個比較好用。
實際上，詠唱「防護」所消耗的ＭＰ也少於詠唱兩種魔法。

問題只在於「防護」的難度較高而已。

我嗎？

我還滿快就上手了哦。

聖屬性魔法的等級是∞（無限大）可能占了很大的原因吧。

第一次成功發動「防護」的時候，師團長還抱著肚子笑個不停。

他說我施展起來未免太輕而易舉了。

明明就是他自己教的，真是過分。

大概是因為我施展了這種本來難到連師團長都不禁失笑的魔法，而且還是範圍性的，只見魔導師們都一臉愕然地看著我，不過我沒放在心上。

畢竟，比起一個一個施展魔法，使用範圍魔法快多了嘛。

提升完防禦力後，接著是提升攻擊力。

做到這一步後，就沒有我能做的事情了。

連續施展範圍魔法後，MP當然減少了很多，於是我從行李中拿出幾瓶MP藥水喝光。

其他魔導師也一樣。

雖然用等的MP也會自行恢復，但好像馬上就要出發了。

我和魔導師們喝完藥水後，小組再度向前邁進。

環視周圍，大家的表情都和剛才不同，看得出來緊張感逐漸攀升。
我們前往的方向是西邊森林的最深處。
其他組只是走不同路線，目的地同樣是這裡。
愈接近最深處，出現的魔物就會愈強。
我在行前會議上是這麼聽說的。
這一點沒有錯。
但並不是只有這樣而已。
隨著我們愈往前進，遭遇魔物的頻率就逐漸變高。
目前為止短時間內就結束的戰鬥開始慢慢拉長時間了。
因為之前只會一隻一隻出現，現在變成集體出現，甚至還沒對付完一群就又出現另一群魔物。
受傷的人也漸漸增加，原本無事可做的我也詠唱起「治癒」，多了支援的工作。
我之所以第一次參加討伐就應付得來，可能都要拜師團長的特訓所賜。
而且騎士們和團長都會保護我，讓我只要待在不會受到波及的後方進行支援就好，所以我也才能不慌不忙地保持鎮定。
要說可怕的話，還是有一點可怕就是了。

「突然增加了啊，上次來討伐的時候也是這樣嗎？」

在戰鬥的空檔，師團長露出不同於以往的眼神……不對，那是彷彿發現有趣事物似的眼神，並且這麼問道。

對於他的問題，準備展開下次戰鬥的團長答道：

「對，愈往深處前進就愈嚴重。」

「哦？」

師團長瞇起眼睛，舔了舔嘴唇，並勾起充滿興味的笑容。

總覺得他好像打開了某種不能打開的開關。

我才剛這麼想，就看見連續飛出好幾發魔法，一口氣解決掉朝這邊襲擊過來的魔物。

犯人是師團長。

我之前從來沒見過他用那麼快的速度連續發動魔法。

這就是將魔力操作練到純熟後的速度嗎？

我有一點驚訝。

「這深處似乎發生了些什麼。」

「嗯，騎士團也是如此判斷的，所以才決定這次要前進到最深處。」

「這樣啊，不知道發生了些什麼呢。」

看到師團長饒富興味地笑了笑，魔導師們都露出感到沒轍的表情。
哦，確實是打開了不能打開的開關了。
在談論我的魔力時也是一模一樣的表情。
聽魔導師們說，師團長變成這樣後就攔不住了。
我也明白這一點，所以就悄悄地跟在騎士們後面走著。
「『反射』。」
我們一邊打倒魔物一邊前進。
在不知道是第幾次的戰鬥中，見到魔物逼近騎士，我詠唱起「反射」，張開具有反射效果的屏障抵禦其攻擊。
魔物的攻擊遭到屏障阻擋，傷害反射了回去。
接著，在魔物感到退縮的時候，騎士的一擊解決了牠。
我這個屏障發動得真是及時啊。
當我獨自沉浸在滿足之中時，師團長就對我說道：
「剛才的發動時機算得真好呢。」
「謝謝誇獎。」
受到誇獎讓我有一點開心。

不過，感到開心也只有一下子而已，馬上就又要移動了。

一直在同一個地方逗留的話，魔物立刻會聚集過來。

我們可能已經很接近最深處了，戰鬥結束後，到下一次戰鬥開始之前的間隔縮短了相當多。

不知是否是心理作用，周遭的空氣也漸漸混濁了起來，我整個汗流浹背，衣服緊貼著皮膚相當不舒服。

聽團長說，空氣會如此令人不快，是因為瘴氣變濃的緣故。

原來這就是瘴氣啊。

愈深入森林，瘴氣就會愈濃的樣子。

接著，在抵達最深處的時候，我聽到走在前頭的騎士低喃了一句：「什麼東西？」

除了我之外，其他人似乎也都有聽到這個聲音，只見團長和師團長往前頭走了過去。

我也慢他們一步跟在後頭。

被稱為最深處的地方是低窪地，我們站在低窪地的上方，低頭俯視最深處。

最深處看起來像是一塊黑色沼澤。

問題在於，陸陸續續有魔物從沼澤中冒出來。

「那是什麼？」

「是啊，到底會是什麼呢？」

團長和師團長都一臉嚴肅地看著沼澤。

現在離沼澤有一段距離，冒出來的魔物還沒有察覺到我們。

但要是發出太大的聲音可能會引起魔物注意，所以他們兩人都壓低嗓子說話。

我也放輕呼吸，從他們兩人身後偷偷地望向沼澤周遭。

冒出來的魔物似乎並沒有立刻移動，暫時都在沼澤附近逗留。

沼澤周遭擠滿了密密麻麻的魔物。

要是被其中一隻發現的話，大概就會陸陸續續地驚動這裡所有的魔物，導致全部都朝這邊猛撲過來吧。

希望不會有這種事態發生。

就算團長和師團長再怎麼厲害，也很難對付數量如此龐大的魔物吧。

光是想像那樣的情況，我就忍不住震顫了一下。

嗯，必死無疑。

不過，這裡愈看愈是覺得毛骨悚然。

看著漆黑混濁的沼澤，我的內心便感到煩悶不快。

無論是顏色還是不斷冒出魔物的模樣，怎麼看都不是普通的沼澤。

團長和師團長似乎也是第一次見到這種沼澤，兩人都不知道這是怎麼一回事。

唔……

愈接近最深處，瘴氣好像就愈濃的樣子，這個沼澤該不會是由瘴氣構成的吧？

當我在思考沼澤的事情時，前方兩人就轉過了頭。

團長和師團長原本都看著沼澤討論著什麼，不過好像談完了。

他們揮揮手示意後退。

之所以沒有出聲指示，是因為沼澤周遭的部分魔物往這邊移動過來了。

我也盡量不發出聲音，輕輕地往後退去。

後退完沒多久，前進方向馬上傳來驚叫聲。

我凝視前方，隱約看見了橘色的光芒。

那究竟是什麼？

才這麼想著，就看到烈焰倏然竄起，吞沒了前方的騎士。

等等，這下危險了啊？

「要來了！」

我不知所措地亂了手腳，而這次就聽到背後傳來團長的喊聲。

我轉過頭去，看到沼澤周遭的幾隻魔物往這裡過來了。

難道是察覺到前方的騷動了嗎？

一陣寒意竄上我的背脊。

「那邊的似乎是沙羅曼達啊。」

「咦？」

師團長不知何時來到我身邊，如此低聲說道。

看來前方出現了沙羅曼達。

剛才的烈焰是沙羅曼達吐出來的。

前方有白光閃耀，我看到是魔導師在詠唱恢復魔法。

我身旁的師團長也在用魔法攻擊從後方襲擊過來的魔物。

沒錯，現在可不是發呆的時候。

我往前方一看，發現有魔導師跑到剛才被烈焰吞噬的人旁邊施展恢復魔法。

由於騎士當下似乎立刻張開了屏障，儘管受了傷，但還是活下來了。

我也像之前復原斷肢的時候一樣，集中魔力發動「治癒」。

從傳出歡呼聲看來，我知道應該是成功治好了。

我接著也向其他騎士施展「治癒」。

同時不忘要支援後方。

我往最深處走去，由於在折返處遇到沙羅曼達，魔導師都聚集到了前方。

因為這樣，導致後方的魔導師很少，比前方更缺乏治療的手段。

師團長好像也會在攻擊魔法之間夾帶幾個恢復魔法，不過考慮到效率的話，還是由我來負責施展恢復魔法比較好吧。

就這樣，膠著的狀態持續了一陣子。

前方的沙羅曼達好像還是很難對付。

後方有團長和師團長等高火力的人在，所以魔物接二連三地被打倒了。

儘管如此，從沼澤冒出的魔物似乎永無止盡，一隻接一隻地前仆後繼而來。

雖然只要手頭還有藥水，就不用擔心ＭＰ耗盡，但再這樣下去的話，情況絕對會慢慢地惡化。

不止我，周圍的大家都有感覺到這一點。

師團長平常用字遣詞都相當客氣有禮，現在卻偶爾會聽到他罵：「該死！」證明他也正感到焦慮吧。

我的胃部開始絞痛了起來。

這時，背後傳來了一聲：「危險！」

我轉過頭，便看到沙羅曼達吐出的火球迎面襲來。

等一下啊！

我沒時間詠唱魔法，旁邊的師團長也正忙著對付後方的魔物，來不及顧及我這裡。

耳邊還能聽到團長從遠方喊道：「聖！」

這一刻，所有事物看起來都進入了慢動作模式，我感覺自己看到了走馬燈。

而在下一刻，一股寒氣飄來，我眼前聳立著比我還要高的冰牆。

雖然我在剎那間舉起手臂保護住臉，但火球似乎被冰牆給阻擋住了。

周圍飄盪著水蒸氣。

我一下子鬆懈下來，差點當場癱坐在地上，是師團長抓住了我的手臂。

「還沒結束呢，站穩身子。」

「是、是的。」

「看來是妳的髮飾裡的魔法發動了啊。」

「髮飾？」

「妳現在戴著的髮飾有經過附魔吧？」

他這麼一說，我便想起來了。

我現在戴著的髮飾是團長送我的。

如師團長所說，是有經過附魔的髮飾。

原來有這種效果啊……

多虧了團長，我才能得救。

心頭湧上一陣暖意，我輕輕地將手置於胸前握緊。

設法撐起雙腳站直身體後，師團長就放開了我的手臂。

應該是判斷不需要再扶著我了吧。

他立刻又回歸戰線。

因為周遭情況還不能掉以輕心。

話說回來，實在是沒完沒了。

後方的魔物依然源源不絕地冒了出來。

不想點辦法解決那個沼澤的話，這情況就不會改變。

不僅如此，可能遲早會出人命。

剛才那個火球也是，其實一開始都是有其他騎士幫我阻擋，才沒有飛到我這邊來。

就算魔法可以恢復體力，也沒辦法連同精神上的疲憊都治好。

而且大家的集中力也慢慢下降了，受傷的頻率也隨之增加。

該怎麼辦才好？

我能做的事情只有詠唱恢復魔法嗎？

在進行支援當中，我的腦海裡就劃過這樣的念頭。

我要設法解決掉那個沼澤。

要不然……

「團長！」

聽到騎士的聲音，我猛然回神。

我往傳出聲音的方向看過去，只見團長遭到一隻長得像黑狼的魔物攻擊，身體失衡搖晃起來。

雖然團長立刻站穩了步伐，但這時又有另一隻黑狼襲擊他。

不要啊，住手！

下一瞬間，某種東西從我身上漫了出去。

漫出來的，是在研究所見過的金色魔力。

這種魔力轉眼之間就到達遠在另一頭的團長那邊。

朝團長猛撲過去的黑狼，從接觸到我的魔力部位開始化為黑煙，最後遭到金色洪流吞噬，瞬間消失無蹤。

團長用驚愕的表情轉頭看我。

不止團長，其他人也是。

我當然也很驚訝。

這是怎樣？

再怎麼說也太扯了吧？

即使是在愣住的時候，魔力還是不斷從我身上漫出去。

金色的魔力氣勢不減地繼續朝周遭擴散。

雖然還是老樣子，突然就發生了，不過這個狀態的話，說不定……

我像在研究所發動的時候一樣，將雙手交握在胸前進行祈禱。

內心同時想著，希望魔物和沼澤能一起消失。

這時，魔力擴散的速度更快了。

在地面蔓延的金色煙霧擴大了範圍，將沙羅曼達及沼澤周圍的魔物，還有沼澤本身都吞噬進去。

看到整個沼澤都被籠罩住，我便發動法術，光芒四散開來。

當閃閃發亮的金色粒子從空中降落下來的時候，周圍的魔物和沼澤全都消失了，變成一

座普通的森林。

「結束……了嗎？」

「看來是這樣呢。」

聽到團長的低喃聲，師團長這麼答道之後，因為突發事態而呆站在原地的騎士們似乎也都意會過來了。

四面八方響起了「哇哦——」的歡呼聲。

第六幕　聖女

自從被召喚來這裡之後，已經過了十個月。

在西邊森林討伐完魔物後，過了一陣子。

從那之後，我身邊稍微起了點騷動。

要說無可奈何的話，也確實是如此。

畢竟我十足十地發揮出身為「聖女」的能力了。

鑑於討伐結果，我所發動的神祕魔法，似乎就是自古相傳的「聖女」所使用的法術。

因為那個法術，魔物和令人毛骨悚然的沼澤都消失得一乾二淨。

我當時是猛然想起「聖女」的法術能夠殲滅魔物才發動的，不過沒想到連沼澤都一起消失了。

關於沼澤的部分，目前還不清楚詳細狀況。

在回王宮的馬車上，我和師團長討論了很多，當時也有談到沼澤的事情。

雖然只是推測，但由於沼澤裡冒出了魔物，再加上被我發動的魔法消滅得不留痕跡，所以那個沼澤很有可能是由瘴氣構成的。

就師團長所知的範圍內，以前從來沒聽說過有那樣的沼澤。

發現沼澤的時候，團長和師團長在討論的也是關於沼澤的事情，而他們兩人都說是第一次看到。

團長也贊同沼澤是由瘴氣構成的。

把那樣的瘴氣凝聚物消滅掉，應該就相當於被記錄為「聖女」的法術效果的空間淨化。

師團長是這麼說的。

我們在馬車上談到的不止沼澤，當然也包含「聖女」的法術。

難以形容當時的師團長有多興奮。

眼神都變了，實在讓我有點倒退三尺。

不過，那似乎是對於見識到稀有魔法而感到興奮，並非確定我就是「聖女」。

也就是說，跟平常一樣。

不止師團長，團長也是。

所以我還是有一點樂觀的。

想說就算回到王宮，情況也會和目前為止相同，不會有改變。

從討伐回來後經過一週左右，那種幻想就徹底破滅了。
那是在我從研究所前往圖書室還書的路上，無意間察覺到周遭情況有所不同。
比如說，有人迎面走過來的時候。
王宮的走廊有一定的寬度，就算有人迎面走過來也不需要閃到旁邊。
會需要閃避的，大概就只有打算以最短距離拐過轉角處，但差點劈頭撞著人的時候而已吧。
但是，我忽然發現擦肩而過的人都會退到旁邊彎下腰。
簡直像是有身分尊貴的人經過似的。
我走路的時候都在思考事情，所以不太會注意周遭情況，但我想之前從來不會這樣。
一察覺到這種改變就很在意，於是我開始注意還有沒有其他改變的地方。
結果，雖然不是很明顯，不過的確有改變的地方。
比如說，去圖書室還書的時候，以往都是在場的司書員幫我處理，現在卻會有高層人員特地從司書員們的休息室裡出來為我處理。
上課的教室也變了，換成比之前還要豪華幾分的屋子。
通知我上課相關事項的文官還是同一個就是了，但他和我說話時感覺相當緊張。
不僅限於文官，很多騎士團和宮廷魔導師團的人們也是如此。

啊不過，會在我去圖書館的路上出現的第二騎士團，他們的態度和之前比起來倒是沒改變多少。

畢竟他們本來就是一副很崇拜我的模樣。

而研究所的人們也一樣。

大概是因為這裡的人很多都只對研究有興趣而已吧。

要嘛是不知道關於討伐的傳聞，要嘛是知道，但因為跟研究無關所以沒放在心上。

如果是後者就好了。

是前者的話，可能就不會像以往那樣對待我了。

「怎麼啦？看妳在發呆。」

「啊，所長。」

回想最近的變化後，我似乎出了一會兒神。

所長看到我停下製作藥水的手，便朝我出了聲。

該怎麼回答好呢？

我沒有把在討伐當中發動「聖女」法術的事情告訴所長。

因為我回來後，他也只有對於我平安無事感到開心而已，沒有問及討伐的經過。

從王宮的情況來看，我覺得這次討伐的事情已經傳開了。

所長應該不可能不知道吧。
「我在想，最近周遭有一點變了。」
「周遭啊？」
「對，總覺得突然變成身分尊貴的人了，去王宮就會受到莫名恭敬的待遇。」
「哦……」
說到這裡，所長似乎就察覺到我想說什麼了。
他的表情從平常的笑容轉變為苦笑。
「嗯，這是因為現在王宮裡大家都在談論『聖女』大人的法術很厲害。」
「而且還會連帶提到使用法術的是誰吧？」
「當然了。」
「果然啊……」
「我從艾爾那邊聽說討伐的經過了，想到妳立下的功績，這也是沒辦法的事情吧。」
我認為所長說得沒錯，但也希望可以的話，大家都能用以往的態度來對待我。
之前也一直是受到頗為周到的待遇，我覺得那樣就很好了。
「要是沒有妳，這次的討伐大概會全軍覆滅吧。」
「可能是這樣沒錯……」

「不是只有這次的討伐得救而已，愈是接近現場的人，就愈是感謝妳。」
「呃，哪需要感謝，我只是做了我力所能及的事情，而且這次連我自己也很危險。」
「話是這麼說……」
「坦白講，真的感謝我的話，我希望就跟以往那樣對待我就好了。現在這樣實在讓人無法習慣……」
「不過，之後就會習慣了吧。」
「我不想習慣啦。」
就算我不滿地這麼說，所長也只是露出傷腦筋的笑容而已。
之後隔了一拍，所長低聲說了句：「我很抱歉。」
我瞥了一下他的臉龐，發現他的表情難得相當正經。
他在對什麼事情道歉呢？
因為情況變成現在這樣嗎？
這件事的話，我想所長不需要向我道歉。
畢竟接到支援請求的時候，是我自己沒有選擇拒絕。
當我偏起頭來，他就把理由告訴我了。
「別看我這樣，我也是很感謝妳的。所以，我一直想要盡可能地實現妳的期望。」

「所長……」
「但是，今後可能會有一點困難，應該沒辦法盡數實現吧。雖然妳可能很難想像，但對我們來說，『聖女』就是如此特殊的存在。」
我從以前就有聽說了，而且也有隱隱地察覺到這一點，「聖女」這號人物對這個國家的人民而言，果然是相當特殊的存在。
研究所和第三騎士團的人們都用很平常的模樣對待我，所以我原本沒什麼感覺，但接觸到第二騎士團之後，我就經常有這樣的感覺。
尤其這陣子看到周遭人們的態度出現大轉變，我更加這麼覺得了。
再加上從所長口中聽到這件事，讓我又加深了這樣的感受。
「您說今後會變困難，是指我必須辭掉研究所的工作嗎？」
「我個人是不打算要妳辭職。但若要開始參加討伐，妳在研究所的時候也會變少吧。」
「是啊，這次參加討伐也讓我離開了幾天。」
「西邊森林還算近的了，今後應該會被派往外地討伐魔物，到時會花上更長一段時間。」
「外地啊？」
「對，外地也由於出現大量魔物的緣故，疲態十分嚴重，據說已經接到大量希望能派來騎士團的請求了。」

「原來不是只有王都周邊而已啊。」

「沒錯，雖然必須先觀察一陣子，不過若是在經過這次的討伐後，平息了王都周邊的魔物騷亂的話，今後的討伐就會移往外地。」

外地啊……

我之前有聽說，去鄰國單程要花一個星期。

這應該是到鄰國的最短時間，視地點不同可能要花更久。

討伐的時間也不會在一天之內就結束吧。

畢竟不可能只討伐外地特定一處的魔物。

這麼一想，來回的路程加上討伐的時間似乎會花上一個月。

「去外地的話，有時候必須離開王宮一個月以上吧。」

「是啊。」

「一個月啊……雖然不曉得被派去參加外地討伐的頻率會多高，但有可能幾乎都不在研究所裡吧。」

「嗯，我想多多少少能在王都得到幾天休假。不過在外地的災情平息下來前，應該都會是這樣。」

果然如此啊。

幾乎都不在研究所，而且也不知道會持續到什麼時候。

畢竟不確定何時能平定外地的災情。

在這種狀況下，是不可能有辦法一直當研究員的。

幾乎都沒在做研究所的工作，哪好意思繼續當研究員。

如果只考慮到工作方面，調到宮廷魔導師團應該比較好。

倘若在那裡，便可以說工作就是討伐魔物了。

但是要工作的話，我還是覺得研究所（這裡）好。

研究藥水真的很開心。

當我在思考這些事情時，似乎就表現在臉上了。

所長一臉擔心地朝我說道：

「怎麼了？」

「沒什麼。我是在想，雖然我很想繼續當研究員，但以後可能幾乎沒辦法做研究所的工作……」

「所以感到抱歉嗎？」

「是的，我還是應該調去宮廷魔導師團吧？」

「這有什麼關係？」

「咦？」

「外地有當地獨特的藥草和藥水，只要妳把遊覽這些事物當作工作的話，就算繼續待在研究所旗下也沒有問題吧？」

「真的可以嗎？」

「我都說無所謂了，妳就別在意這一點了吧。」

所長瞇眼笑著這麼說道，我似乎看見他背後出現了聖光。

如果我希望繼續當研究員的話，他會動用所長的權限幫我。

他還說，即使上頭要把我調走，他也會想辦法解決。

所長，太謝謝你了！

那麼，所謂很難實現的我的期望，究竟是指什麼呢？

「哦，這個啊……」

我一問之下，所長欲言又止，似乎感到有點難以啟齒。

我很好奇，快告訴我吧。

「妳以前不是說想要過普通人的生活嗎？」

「是啊。」

「今後大概沒辦法了。」

說起來，我想起自己的確對所長提過這樣的事情。

他很乾脆地說沒辦法了，不過我也這麼覺得。

都走到這一步了，實在不可能堅持這一點到底。

「這也無可奈何呀，我已經半放棄這個想法了。」

「只有一半啊？」

「對，可以的話，我還是希望能過著平靜的生活。」

「這樣啊，那我會妥善處理，讓妳的期望可以實現。」

我苦笑著這麼說後，就被所長小小吐槽了一下。

然後他說會幫我妥善處理……

所長，您真的打算實現我的期望嗎？

雖然總覺得您的口氣半帶認真半帶玩笑，但我可是相信您會替我實現的哦！

◆

「那麼，今天就到這裡吧。」

「謝謝您。」

師團長的一句話為這天的魔法課劃下句點。

討伐完魔物之後，我也繼續在上課。

畢竟不管是魔法還是其他事情，都沒有簡單到馬上就能學通。

即使再怎麼有興趣，我也只有一顆平凡的腦袋而已。

如果能和師團長一樣聰明的話，說不定三兩下就學起來了。

「妳今天接下來要去第三騎士團嗎？」

「是的，我的計畫是這樣。」

「不介意的話，能讓我觀摩嗎？」

「您的工作不要緊嗎？」

「就觀摩一下應該沒問題吧。」

師團長的微笑看起來很緊繃，真的沒問題吧？

感覺他又會被眼鏡菁英大人帶回去。

之前有過類似的對話，然後師團長就跟我一起到第三騎士團了，當時也是眼鏡菁英大人來把他帶走的。

師團長當時好像沉迷於觀摩，把某個會議擱置到一半沒去參加。

據說不止眼鏡菁英大人，魔導師們也在王宮裡到處奔走，尋找他們的師團長。

雖然我不知道這次會不會也是這樣，不過還是把我們的去處告訴某個人，請對方傳達給眼鏡菁英大人知道吧。

方便他之後來領走師團長。

「那麼走吧。」

「好的。」

師團長笑咪咪地催促我出發，我對他點點頭，然後離開了教室。

我隨便抓住一個路過的魔導師，把我要跟師團長一起去第三騎士團的事情告訴他後，他就一副心領神會似的說：「我會稟報給副師團長的。」

他八成之前也有被派去擔任師團長搜索隊的一員吧。

沿途上，我和師團長談論著魔法的事情。

說是魔法，但並不是現在正在學習的內容。

而是關於討伐當中發動的「聖女」法術。

我對「聖女」的法術有很多不了解的地方。

不止我，師團長也是如此，討伐結束回來後，我們也討論過好幾次「聖女」的法術究竟是什麼樣的東西。

從發動魔法後的結果來看，我們都一致認為那個法術就是「聖女」的法術。

到這裡都沒問題，但包含發動方法在內的其他方面還是不清楚。

這也是理所當然的事情，畢竟連我這個發動法術的當事人都不清楚了。

儘管我成功在西邊森林發動了法術，但我不知道該如何觸發前一個階段的金色魔力。

當時也是魔力突然湧了出來，我只是在那之後發動了法術。

我有試著回想當時是不是做了什麼特別的事情，但沒什麼值得一提的。

在討伐魔物當中陷入危急狀況時，就這樣突然發生了。

於是，當我今天也和師團長邊談邊走的時候，便發現前方不知道在吵什麼。

我們正好走到面對王宮中庭、沒有牆體的迴廊上。

怎麼了？

我看向師團長，他也露出感到奇怪的神情。

「發生什麼事了嗎？」

「雖然不曉得，但正好經過就去看看吧？」

隨著接近傳出騷動的地方，文官和侍女的人數也愈來愈多。

大家都是被騷動吸引過來的嗎？

這個迴廊本來就人來人往的，很容易引起注意。

一群人交頭接耳地說著些什麼，不過我沒聽清楚內容是什麼。

剛開始聽起來吵吵鬧鬧的聲音，隨著往前邁進，就聽得出來似乎是一對男女發生了爭執。

是情侶吵架嗎？

在這種地方吵架，日後一定會被侍女們當作閒聊的話題。

大概是因為這裡沒有電視和雜誌之類的娛樂，許多在王宮工作的人都喜歡聽八卦。

情侶吵架最容易被拿來當作話題了。

「少囉嗦！」

「可是殿下……」

當我正在穿過逐漸增加的人潮時，就聽到了熟悉的聲音。

咦？這聲音是……

感覺前面是一對男女在爭執，不過女方的聲音和我認識的人很像。

我稍微加快腳步往前走，看到了正在爭執的兩個人。

果然是莉姿。

「現在這樣下去對她沒有好處的，請您務必三思。」

「妳口口聲聲為她好，真是如此嗎？」

「您是什麼意思？」
「我有聽說妳帶頭打算孤立愛良。」
「……您到底在說些什麼？」
總覺得他們的對話內容不太妙。
人群聚集在他們周圍，但大家都遠遠圍成一圈，保持一定的距離看著。
這也不意外。
因為和莉姿起爭執的，是我曾經見過的紅髮第一王子。
嗯，看到身分尊貴的人們吵架，誰都不想受到波及吧。
就算感到很好奇。
仔細一看，和莉姿在一起的不是只有第一王子而已。
應該是之前聽說過的擁護者們吧。
除了第一王子以外，還有幾個我見過的男生聚集在第一王子的身後。
第一王子隔壁的，則是我一年前左右有見過面的同鄉少女。
是愛良妹妹。
看到她的樣子和我上次見到她的時候差不多，我便稍微鬆了口氣。
看來他們有讓她好好吃飯。

太好了，太好了。

從她穿著可愛的粉紅色禮服這一點來看，也看得出來她很受到珍惜。

只不過，她的臉色不太好看。

她感到不安似的來回看著第一王子和莉姿。

在我觀察愛良妹妹的時候，他們兩人也在對話，但內容滿莫名其妙的。

我以前從莉姿那邊聽過千金小姐們對愛良妹妹做的事情，現在第一王子認為那些人全都是莉姿教唆的。

比如說，從不跟她說話或是給予警告等等，到把她的教科書等用品破壞掉之類的一切事情全都包含在內。

不對吧，莉姿應該有想制止才對。

為了這個，莉姿好像說過不止那些千金小姐，愛良妹妹也必須改掉一些必須改正的地方才行。

我還記得她很生氣第一王子出面阻撓，害她一直沒辦法將這件事告訴愛良妹妹。

「多半是太過嫉妒了，妳才會做出那些事情吧……」

「嫉妒？」

「沒錯，畢竟妳是我的未婚妻，想必看不慣我常常和愛良在一起。」

「唉，您能想到這一點，為什麼還是不接受我的提議呢？您背後的男士們也是，有未婚妻的男士要是和未婚妻以外的女性常常待在一起的話，理所當然會被視為一個問題吧？」

「的確如此，但我有統籌『聖女召喚儀式』的責任。既然基於我方考量將愛良召喚了過來，我就必須保護她不受到傷害，絕對沒有非分之想。」

「……被召喚過來的可不是只有愛良小姐而已，您對另一人似乎什麼也沒做呢。」

「另一人？最近傳聞中的那個女人嗎？那哪是『聖女』啊。」

「您說什麼？」

「即使成功召喚出『聖女』了，但愛良還需要時間去適應討伐這種事情。然而，我知道要求『聖女』參加討伐的聲浪日漸高漲。多半是為了回應這些聲浪，才會將騎士團的功績歸功於假『聖女』，對外佯裝『聖女』已經參加過討伐的樣子吧？」

「殿下知道自己在說些什麼嗎？」

啊，莉姿發火了。

看到莉姿散發出非同尋常的氛圍，站在第一王子背後的男生們都嚇了一跳。

莉姿，謝謝妳為我生氣。

我也有點想揍人了。

說我是假冒者倒是無所謂。

可以的話，我也想當個普通人。

但是，既然是將來要登上王位的人，怎麼可以在這麼多人來來去去的地方，宣稱「聖女」的表現是吹噓出來的呢？

如果真是如此，這一切都會因為你的一句話而泡湯啊。

搞不好到了明天，假「聖女」的事情就會被當作真相傳遍整個王宮。

當我因為第一王子的離譜言行而感到暈眩的時候，就不經意地和愛良妹妹對上了視線。

愛良妹妹認出我後，眼睛睜得老大。

怎麼了？

啊，莉姿也察覺到了。

接著連第一王子也是。

第一王子一副想說「這誰啊？」的表情。

「聖……」

「呃，妳好？」

莉姿出聲叫了我，這下視線都集中到我身上了。

遠遠看到幾個文官的臉色非常難看，應該不是我的錯覺吧。

那是很合情合理的反應，畢竟本國王子聲稱是假冒者的人就在眼前啊。

還有人趕忙跑走了，不知道是要去哪裡。
大概是去找某個高層吧？
可以的話，希望能把收拾得了這個局面的人帶過來。
「妳是誰？」
聽到第一王子的聲音，我對上了他的眼神。
問我是誰……不記得嗎？
我知道自己該回答，但不知怎地就很不想回答。
話雖如此，真的不回答就太不成熟了，所以我勉勉強強地跟他打了招呼。
「我叫做聖。」
我按照禮儀課所學的向他行禮，並做了自我介紹。
原諒我只有回答最低限度的必要內容。
雖然是最低限度，但第一王子似乎從髮色察覺到我是傳聞中的「聖女」了。
「妳就是傳聞中的『聖女』啊？」
「……」
我無視第一王子的問題，重新轉向莉姿。
雖然感覺到王子臉色一沉，但管他的。

只是無視而已，應該沒關係吧？

「我說啊，莉姿，要爭論事情的話，去借用某間屋子比較好吧？在這裡太引人注目了。」

聽到我這句話，莉姿露出了感到傷腦筋的笑容。

莉姿大概也有跟第一王子這麼建議吧，但他聽不進去。

儘管我不知道一開始的狀況，不過第一王子究竟有多血氣衝腦啊？

冷靜一想的話，應該能察覺到在這種地方引起騷動的話，會產生各種不好的影響。

他的擁護者們也是。

咦？該不會是故意這麼做的吧？

「喂！」

當我陷入沉思時，忍無可忍的第一王子就朝我的肩膀伸出手。

我想想，按照禮儀課學到的內容，男性隨便觸碰未婚女性好像是違反禮儀的吧？

以為是王子就能得到原諒嗎？

我原本打算要拍掉他的手，但第一王子的手並沒有碰到我。

因為不知何時出現的團長阻止了他。

「霍克騎士團長！」

被抓住手的第一王子大聲斥道，但團長看似毫不在意地輕輕將他的手放下。
團長的呼吸有點急促，證明他是相當匆忙地趕來的吧。
第一王子用不耐的眼神看著團長。
慢了幾拍後，又有一人來了。
「都在吵些什麼？」
「父王！」
來的是國王陛下。
他的身後還有宰相。
可能是剛才的文官去請來的吧。
這樣應該能收拾掉這個局面了吧？
「這些人……」
「免了，我早已有所耳聞，你竟然在眾目睽睽之下製造出愚蠢的騷動。」
「父王！」
「而且還對『聖女』做出極為無禮的舉動。」
「無禮的不是我們，而是那些人。」
「哦？我聽說你聲稱這位『聖女』是假冒的，不是嗎？」

「那個女人是父王您們安排的假冒者吧？」

「……為何如此作想？」

「因為被『聖女召喚儀式』召喚過來的只有愛良一人而已。」

「這位聖小姐也是被『聖女召喚儀式』召喚過來的。」

「咦？」

「一開始沒看到的話就算了。但文官他們三番兩次報告被儀式召喚過來的有兩個人，你難道都沒在聽嗎？」

「那是……可是……」

「根據德勒韋思師團長的鑑定結果，也已經確定聖小姐就是『聖女』了。」

咦？是這樣嗎？

我忍不住看了看師團長。但師團長正朝陛下的方向行禮，看都不看我。

啊，是從討伐魔物時的那件事得出這個結論的嗎？

在我一個人想通的時候，陛下他們繼續說了下去。

「不止師團長，日前也接獲第三騎士團的霍克團長報告，指聖小姐在前陣子的討伐行動當中，以『聖女』的身分善盡了自己的職責。不用說，一起前往的第二騎士團當然也是同樣的意見。」

「……」

「我知道你是以『聖女召喚儀式』統籌人的身分保護著愛良小姐，但為何不以相同的待遇對待聖小姐，甚至將她當作假冒者呢？從目前為止的實績來看，大家都認同聖小姐才是『聖女』。反觀愛良小姐呢？現在還沒有立下任何實績吧？」

「那是因為……」

「就算不將實績納入考量，也沒有能夠斷定聖小姐是假冒者的根據。好了，接下來的事情就換個地方再談吧。」

面對國王陛下的這番話，第一王子一語不發。

陛下的臉上乍現遺憾之色後，立刻恢復成原本的表情，然後指示待命中的騎士們將第一王子和他的擁護者們帶到某個地方去。

意志消沉的第一王子等人乖乖地跟著騎士們走掉了。

在周遭看熱鬧的人們也在同時間回到了工作崗位。

「艾斯里侯爵小姐能否一道前來？有些事情想請教。」

「明白了。」

「聖小姐的話，請容許我們改日再向妳報告。」

「啊，好的。」

看來我在這裡就獲得釋放了。

陛下露出略帶歉意的表情用眼神向我致意，沒讓周遭的人看見，然後就跟在第一王子他們後面走了。

宰相和莉姿則跟上了他的腳步。

總覺得還沒搞清楚狀況就結束了，不過這樣一來，莉姿說的學園問題應該就解決了吧？

我抱著這樣的希望，和團長以及師團長一起離開了這裡。

◆

在瑪麗小姐的帶領下，我走在王宮的走廊上。

除了她之外，還有兩名侍女與兩名騎士跟隨在後，謁見時穿的白色長袍伴隨步伐飄動，每個人見到我都低下頭主動讓了路。

這是什麼情況呢？

自從那件事之後，王宮人們對我的態度變得愈發恭敬了。

要說無可奈何的話，也確實是如此。

在王宮工作的人們已經完全把我當作「聖女」來看了。

儘管我放棄掙扎了，但還是無法習慣這樣的對待。
我使勁忍住嘆氣的衝動，靜靜地在走廊上邁步前進。
要前往的地點是王宮裡的某個房間。
抵達目的地後，我們站在房間前面，瑪麗小姐敲了敲門。
回答了詢問的聲音後，門就從裡面打開了。
瑪麗小姐退到一旁，我經過她面前走進房間後，看到房內有兩個少女正在等候。
兩個少女都行了禮，其中一個少女舉止優雅，另一個少女則略顯不自在。
與此同時，房間的門也關上了。
跟隨過來的騎士們在房間外面待命，裡面只有我、兩個少女以及包含瑪麗小姐在內的侍女們。
在只有女性的房間裡，茶會已經準備就緒。
「妳好，聖。」
「妳好，莉姿。還有……」
我的視線移向站在莉姿旁邊的少女。
看她抿緊嘴唇的模樣，似乎是相當緊張。
「姑且應該說初次見面比較好吧？」

我這麼一問，愛良妹妹就露出僵硬的笑容。

「初次見面，我叫做御園愛良。」

「很高興認識妳，我叫做小鳥遊聖。」

不知道是不是被愛良妹妹的緊張給感染了，我覺得自己的笑容大概也很僵硬。

總而言之打完招呼了。

再繼續站著也只會顯得很尷尬，還是趕緊坐下吧。

「總之大家先坐下吧。」

「說得也是。」

我催促她們兩人往房內備好的圓桌移動。

入座後，瑪麗小姐就用行雲流水的動作泡了紅茶並遞給我們。

我喝了一口後，再次看向愛良妹妹。

今天聚集在這裡不為別的，就是為了跟愛良妹妹增進友誼。

發生那次的騷動後，身為第一王子的凱爾殿下確定被排除在「聖女」相關事情之外了。

此外，他還要負起製造騷動的責任，暫時得待在王宮裡禁足反省。

凱爾殿下再過幾個月就要從學園畢業了，所以禁足令解除的時候，預計應該會是畢業典禮前夕。

除此之外，第二王子連恩殿下接替凱爾殿下的職務，今後關於愛良的事情都是由第二王子負責。

國王在騷動發生之後，做完各方面的處理才把這些事情告訴我。

畢竟我算是當事人。

凱爾殿下的擁護者們也不例外，在畢業典禮前都要待在家裡禁足反省。

幸好他們本來就都是相當優秀的學生，就算畢業典禮前都不去上學也不會影響到畢業。

在這當中，愛良妹妹是唯一沒有被下禁足令的。

表面上的理由是她沒有直接涉及當時的騷動。

雖然被捧得高高在上，又完全聽憑身邊人的指示也是一個問題。但考慮到愛良妹妹的處境，便不能把這一點視為問題。

這也是當然的。

愛良妹妹和我一樣都是因為「聖女召喚儀式」而被召喚過來的女孩子。

而且在日本的話，按她的年齡應該還待在大人的庇護之下。

突然被召喚到這個世界，剩自己一個孤零零的。而凱爾殿下等人對她照顧有加，她會依賴他們也是情有可原。

不過也牽涉到許多政治因素，所以愛良妹妹並未受到處分。

問題在於，之前待在她身邊的人全都遭到禁足了。

聽莉姿說，目前為止除了凱爾殿下他們之外，沒有其他學生能夠接近愛良妹妹，導致愛良妹妹幾乎沒有其他認識的人。

丟著她不管也很不負責任，因此今後就由莉姿陪伴她了。

雖然連恩殿下是負責人，但有凱爾殿下的前車之鑑，還是同為女性的莉姿比較適合做這件事。

這個點子成功發揮作用，愛良妹妹也漸漸交到同性朋友了。

在莉姿的幫助之下，解除了大家對愛良妹妹的諸多誤會。

於是，在一切都塵埃落定，她也能過著平穩的學園生活的時候，便決定舉辦這次的茶會了。

莉姿開始陪伴愛良妹妹後，過了一陣子，愛良妹妹就說想見一見我。

廣義來說我們是同鄉，而且她在那次騷動當中注意到我之後，就一直很想跟我說說話的樣子。

她很好奇這將近一年來，我都是如何度過的。

因此就決定在今天好好聊聊彼此的事情了。

「我聽說學園那邊也差不多穩定下來了。」

「對，終於穩定下來了。」

「我知道莉姿也幫了很多忙，辛苦妳了。」

「不會。」

我感謝莉姿的辛勞後，她就露出靦腆的微笑。

我聽說她為了介入誤會重重的愛良妹妹和女生們之間調解紛爭，真的費了許多勁。

雖然可能還有人心懷芥蒂。不過在莉姿的奮鬥下，大部分的女生都聽莉姿的，和愛良妹妹處得很融洽。

似乎也因為她是第一王子的未婚妻，又是侯爵家的千金小姐，她這麼要求的話，大家表面上也不能違抗。

看來學園裡也確實存在著階級差異啊。

話雖如此，聽說莉姿也沒有逼迫她們，我也相信莉姿一定能處理得很好。

「御園小姐也稍微穩定下來了吧？」

「是的，多虧了莉姿，最近每天都過得很開心。」

我將話題拋給愛良妹妹後，她也欣喜地露出微笑。

聽她說，可能是因為女生朋友變多了，能夠跟在日本的時候一樣聊女生的話題，真的讓她感到很開心。

可以討論時尚似乎讓她特別高興，她從這裡開始偏離主題，告訴我最近王都在流行的事物。

說到一半的時候，她發現自己離題而向我道歉，但我並沒有放在心上。

當然不只是因為她說話的時候看起來非常開心，也因為她連道歉的模樣都很可愛，讓人想大喊一句：「不愧是柔美可愛型的女孩子！」

看到她和莉姿一起露出微笑真的很療癒人心。

美少女的療癒效果實在厲害。

「聖那邊怎麼樣呢？穩定下來了嗎？」

「這個嘛，要說穩定下來的話，也是可以這麼說啦……」

「『聖女』的待遇完全確立了呢。」

「拜託別這樣說……」

莉姿的話讓我頓時垂頭喪氣了起來，而她則吃吃竊笑著。

她說得沒錯，從被視為「聖女」來對待的方面來說，確實是穩定下來了。

退一百步來說，會被認定是「聖女」也可以說是我自作自受，所以我甘願接受。但受到VIP待遇還是讓我有一點吃不消。

我本來就是普通老百姓。但現在光是走在走廊上，所以經過的人都會對我鞠躬，以為這種情況我承受得住嗎？

當然承受不住啊！

我這種內心的掙扎，莉姿是了解的。

正因為了解，她才會開玩笑。

不止莉姿，愛良妹妹似乎也能體會我的心情。

因為她一邊聽著我們的對話，一邊用飽含同情的眼神看著我，還像是深有同感似的不斷點頭。

聽說她本身和凱爾殿下待在一起的時候，在王宮裡也是受到ＶＩＰ待遇。

同樣身為日本人，應該也有能夠產生共鳴的部分吧。

「不過，今後好像會開始忙碌起來。」

「是這樣呀？」

「可能必須去外地一陣子。」

「這個……」

雖然我的待遇確立了，但把間接聽到的消息統整起來後，我覺得今後應該會變得有一點忙碌。

前陣子去西邊森林討伐魔物後，王都周邊的魔物問題便告一段落了，不過聽說外地還不能掉以輕心。

文官們那邊也有接到委託，說既然王都已經安定下來的話，就該把騎士團派到外地了。關於在西邊森林看到的沼澤，目前還正在調查當中，但有鑑於外地的魔物孳生狀況，很有可能外地也存在著相同的東西。

這樣一來，能夠淨化沼澤的我就必須上場了，所以今後應該會到外地去。

莉姿可能也知道這件事，我不過稍微提了一下，她就察覺到了。

她的笑容登時一變，變成感到擔心又夾雜著歉意的表情。

啊啊，不要露出那種表情啦！

又不是莉姿的錯。

「所以妳會辭掉研究所那邊的工作嗎？」

「好像不用辭掉也沒關係，所長說會幫我處理好。」

「哎呀！那真是太好了。」

「是啊，必須感謝所長才行。」

得知我不用辭掉研究所的工作，莉姿又欣喜地露出笑容。

看來連莉姿也在為我擔心呢。

是因為她知道我喜歡研究所的工作嗎？

當我和莉姿相視而笑的時候，耳邊便傳來愛良妹妹低低喊了一聲：「那個……」

我不解地偏著頭看她，只見她帶著有點緊張的表情說道：

「小鳥遊小姐來到這裡之後，就一直在王宮裡工作嗎？」

「嗯，對啊，我在一個叫做藥用植物研究所的地方當研究員。」

「可以請妳稍微講一下工作的事情嗎？」

「可以呀……」

我問她為什麼想聽我講工作的事情，她說是想當作今後的參考。

她之前都待在凱爾殿下的庇護下，聽從指示在王宮過著「聖女」的生活。

但是，在發生那次騷動而和凱爾殿下分開後，她就開始思考今後該如何過日子了。

雖然也不是不能維持目前為止的生活方式，但她有種說不出來的不安，不確定再這樣下去好不好。

在說到一半的時候，愛良妹妹說了句「我並沒有立下實績」，看來在那場騷動當中被指出的這件事成為了她不安的來源。

特別是從學園畢業後的去向讓她感到很煩惱。

「御園小姐有想要做的事情嗎？」

「這個嘛……如果可以，我想要再多學習一下魔法。」

「學習魔法啊。既然如此，加入宮廷魔導師團怎麼樣呢？」

「這是很好的主意。」

聽到我的提議，莉姿也揚起嗓子贊成道。

加入宮廷魔導師團當然需要考試，不過聽說以愛良妹妹現在的實力來說不成問題。

而且愛良妹妹似乎還有魔法方面的天分。

一般而言，具備一種屬性魔法的資質已經很好了，但她竟然具備三種屬性。

這是相當少見的事情，莉姿興奮地說百年難得一見這樣的優秀人才。

只不過在凱爾殿下的方針下，愛良妹妹以往都只有練聖屬性魔法的等級，其他屬性的等級還很低。

也因為這樣，愛良妹妹才說想要再多學習一下魔法。

「既然有這麼高的魔法天分，那我更覺得妳應該加入宮廷魔導師團了。那裡的人都是魔法專家，應該可以給予妳很多指導吧，我也有在跟師團長學習魔法。」

「是這樣嗎？」

「對，難得的大好天分，應該好好發揮才對。而且去宮廷魔導師團的話，也有機會參加討伐，這樣不就能立下實績了嗎？」

聽到我這麼說，愛良妹妹似乎對於加入宮廷魔導師團感到很有興趣。

莉姿的大力推薦應該也有產生效果。

最重要的是，由於我會去宮廷魔導師團跟師團長學習魔法，所以見面的機會很多，這對她來說很有吸引力。

我告訴她這件事之後，她的雙眼就綻放出了亮晶晶的光采。

有來自同一個世界的人陪伴果然會比較放心吧？

在這之後也聽莉姿說了很多事情，於是愛良妹妹決定從學園畢業後，就要加入宮廷魔導師團。

愛良妹妹這時候的表情完全不同於剛開始談這件事的時候，現在的她露出了開朗歡快的笑容。

後記

大家好，我是橘由華。

託各位的福，《聖女魔力無所不能》才能順利推出第二集，這都要感謝支持本作的各位讀者，非常謝謝大家。

這次稍微聊聊第二集的幕後祕辛吧，應該會有洩漏劇情的內容，希望還沒閱讀正文的各位可以先將正文讀完。

第一集收在很吊人胃口的地方，所以也有讀者催促趕快出下一集，但出版的時間稍微推遲了一點，實在非常抱歉。繼上次之後，應該說，這次又更加手忙腳亂了，而這就是原因所在。我對於自己亂七八糟的管理時間方式感到有點絕望。

我應該有請角川ＢＯＯＫＳ的Ｗ責編緊急調整了好幾次日程，這次也多虧您照顧了，非常謝謝您。除了Ｗ責編以外，我也非常抱歉給其他相關人員造成了困擾。請容我借用這個場合致歉與致謝。

剛才也有提過第一集收在很吊人胃口的地方，因為這樣，我這次有修改一下連載開始時擬好的大綱。

在連載開始時擬好的大綱裡，預定第一集結束後會立刻接第二集的第五幕。但這樣的話，第二集的故事高潮會落在中間的部分。於是，我參考了刊載在「成為小說家吧」時所獲得的感想等等，追加了約四幕之後，才變成各位現在手上這本書的內容。其實我也在擔心會不會顯得有點冗長，不知道各位覺得如何呢？

第一幕「鑑定」與後面接續的幕後正是誕生自讀者感想的劇情，並且創造出一個新角色，也就是宮廷魔導師團的師團長。該說這位師團長出乎意料地好寫嗎？他是個會擅自行動起來的角色，我想他應該是第二集裡戲分增加最多的角色，恐怕第三集以後也是……

第二幕「特訓」是從第一幕衍生出來的故事。我在思考整本書的結構時，覺得應該追加跟第五幕有關聯的東西，所以就想出了這樣的劇情。前面提到的師團長在這裡起到了很好的作用，拜他所賜，我才能快速地找到故事的靈感。該如何表現出他滿腦子都是研究又不懂得瞻前顧後的個性，我覺得是這一幕的另外一個主題。

第三幕「淑女」是考量到整本書的結構所追加的故事。在瀏覽第二集的新大綱時，我覺得這明明是戀愛故事，卻沒什麼戀愛成分，於是就想出了這段劇情。這一幕和目前的故事主線沒什麼關聯，尤其是跳舞那段劇情，所以我也在擔心會不會讓部分讀者感到很冗長。很抱歉，其實是有出於這樣的考量。

第四幕「品種改良」也是考量到整本書的結構所追加的故事。追加這段劇情後，關於「聖女」法術的相關描述就增加了。我擬的大綱內容相當寬鬆，所以會不時像這樣在中途追加設定。其實我也有點害怕，感覺之後可能會難以收拾。

第五幕「討伐」是連載開始當時的大綱就有的劇情。在第五幕首次出現了戰鬥場面。雖然會覺得這樣的戀愛故事怎麼會出現戰鬥場面，但這也是沒辦法的。我也有在擔心這段劇情可能有點太過輕描淡寫了。

第六幕「聖女」也是連載開始當時的大綱就有的劇情。在這一幕裡，聖終於被認定為「聖女」，而第一王子被判罪。當初，判罪的部分和當時流行的壞千金系列一樣，第一王子會遭到拔除地位，然後和愛良一起被驅逐出境。許多讀者也很期待看到判罪的劇情，但第四幕的幕後在「成為小說家吧」公開後，也有很多讀者希望愛良能得救，因此以結果而言，劇情變得比當初還要溫和。雖然還不知道第一王子今後會如何，但愛良應該是導向光明的方向了。

其實連載開始時的大綱只想到這裡而已。本來的話，聖和團長的關係也會有所進展，早該在一起了才對，怎麼會變成這樣呢……因此，這個故事還會再稍微延續下去，還請大家再奉陪一下。

繼第一集之後，第二集也是請珠梨やすゆき老師負責繪製插圖，謝謝您這次也繪製了非

常棒的插圖。這次追加的師團長的角色設計正如同我腦中想像的，一開始看到刊頭插畫的時候，我還忍不住擺出了握拳的勝利姿勢，實在太佩服了！

最後感謝各位一路閱讀到這裡，希望我們近期能再見面。

魔女的槍尖 1~3（完）

作者：薛西斯　插畫：KituneN

隨著事件的輪廓逐漸勾勒成形，
真相的跫音，也步步進逼——

以手邊寶石做為籌碼，夏瓏選擇將尤勒狄斯託付給李奧，全心全意想拯救陷入「永遠的迷路」的書香。同一時間，天琴市的女王薇嘉為情勢所迫，不得不允許所有遊俠踏入她的領土。而受到她委託的伽藍，是否能依約履行任務，帶著有萬能魔法的黑騎士前來？

各 **NT$250/HK$75**

台灣角川

Kadokawa Light Novels

進入了沒想像中好混的編輯部
成為菜鳥編輯，負責的作者還是家裡蹲妹妹!? 1 待續

作者：小鹿　插畫：KAWORU

踩上業界最為禁忌的底線，
夾雜歡笑與淚水的出版人生戀愛喜劇，登場！

曾是職業軍人的千繡，進入了業界知名的角三出版社就職，成為初出茅廬的菜鳥編輯，卻沒想到分配到的作者居然是自己的妹妹，千鳶!?儘管他費盡心思，只為了協助千鳶寫出新作品，業界殘酷無比的真相與現實，卻在此時一一現形……

Kadokawa Light Novels

千年樹的輪轉之詩

作者：月亮熊　插畫：SIBYL

隱身在表面世界之下，
暗潮洶湧的現代魔法戰爭！

伴隨著魔法儀式，原本只是一支木製魔杖的我，就這樣成了有血有肉能說話的「人類」！不但被少女視作研究對象，甚至還得學習如何當她爸!?更詭異的是，魔法師竟然都對我「很感興趣」……難道是因為，我擁有顛覆一切魔法概念的關鍵力量——!?

台灣角川

NT$240/HK$75

Kadokawa Light Novels

夢王國與沉睡中的100位王子殿下

Kadokawa Fantastic Novels

作者：狐塚冬里　原作：GCREST　插畫：GCREST、一花ハナ

所謂「故事」，總是會比人們所想的，還單純有趣——只要主角不是「你」。

雪之國、紅茶之國、毒藥之國、魔法科學之國以及不可思議之國——這些國家接連發生眾多異象，讓各國王子們都傷透了腦筋。這些奇妙現象的真相究竟為何呢？起因又是源自於——……？台日超人氣女性專屬療癒系手遊改編，獨家原創劇情只有這裡看得到！

台灣角川

NT$220/HK$68

國家圖書館出版品預行編目資料

聖女魔力無所不能 / 橘由華作 ; Linca 譯 . -- 初版 . --
臺北市 : 臺灣角川 , 2018.03-
冊 ; 公分
譯自 : 聖女の魔力は万能です
ISBN 978-957-564-071-2(第 1 冊 : 平裝). --
ISBN 978-957-564-303-4(第 2 冊 : 平裝)

861.57 107000202

Kadokawa
Fantastic
Novels

聖女魔力無所不能 2

（原著名：聖女の魔力は万能です2）

2018年7月5日　初版第1刷發行
2023年11月3日　初版第3刷發行

作　者：橘由華
插　畫：珠梨やすゆき
譯　者：Linca

發行人：岩崎剛人
總編輯：蔡佩芬
編　輯：彭曉凡
美術設計：李思穎
印　務：李明修（主任）、張加恩（主任）、張凱棋

發行所：台灣角川股份有限公司
地　址：104台北市中山區松江路223號3樓
電　話：（02）2515-3000
傳　真：（02）2515-0033
網　址：www.kadokawa.com.tw
劃撥帳戶：台灣角川股份有限公司
劃撥帳號：19487412
法律顧問：有澤法律事務所
製　版：尚騰印刷事業有限公司
ISBN：978-957-564-303-4

聖女魔力無所不能 2

The power of the saint is all around.

「我想妳一個人可能會不安，還是我太多管閒事了？」
「我是擔心你這傢伙會搞出什麼麻煩。」
艾爾柏特・霍克
第三騎士團的團長。一度傷重瀕死，是聖救回他的命，後來兩人相處融洽。
埃爾哈德・霍克
宮廷魔導師團副師團長，艾爾柏特的兄長。是個寡言但似乎懂世故的人？

「我不會讓妳受到絲毫傷害的，由我來守護妳。」
「總覺得聽到了
『我不會讓（研究不可欠缺的）妳』
這種從副聲道傳出來的聲音……」
聖
因「聖女召喚儀式」而被召喚過來的二十幾歲OL。由於太過招搖的表現，導致聖女的身分即將穿幫。
尤利・德勒韋思
宮廷魔導師團的師團長。雖然擁有俊美相貌，本性卻……？

儘管受到俊美的容貌所震撼，導致我僵在原地，
但總算還是打招呼回去了。
我是知道宮廷魔導師團會派來一位老師沒錯，
卻沒聽說那位老師就是師團長。